신도무쌍 神刀無雙

사도연 新무협 판타지 소설
FANTASTIC ORIENTAL HEROES

신도무쌍 4

사도연 新무협 판타지 소설

초판 1쇄 찍은 날 § 2009년 5월 19일
초판 1쇄 펴낸 날 § 2009년 5월 25일

지은이 § 사도연
펴낸이 § 서경석

편집장 § 문혜영
편집책임 § 문정흠
편집 § 정서진

펴낸곳 § 도서출판 청어람
등록번호 § 제1081-1-89호
등록일자 § 1999. 5. 31
어람번호 § 제2-1745호

주소 § 경기도 부천시 원미구 심곡2동 163-2 서경B/D 3F (우) 420-822
전화 § 032-656-4452 팩스 § 032-656-4453
http://www.chungeoram.com
E-mail § eoram99@chollian.net

ⓒ 사도연, 2009

ISBN 978-89-251-1812-3 04810
ISBN 978-89-251-1715-7 (세트)

神刀無雙

신도무쌍

사도연 新무협 판타지 소설
FANTASTIC ORIENTAL HEROES

4 대란

도서출판 청어람

目次

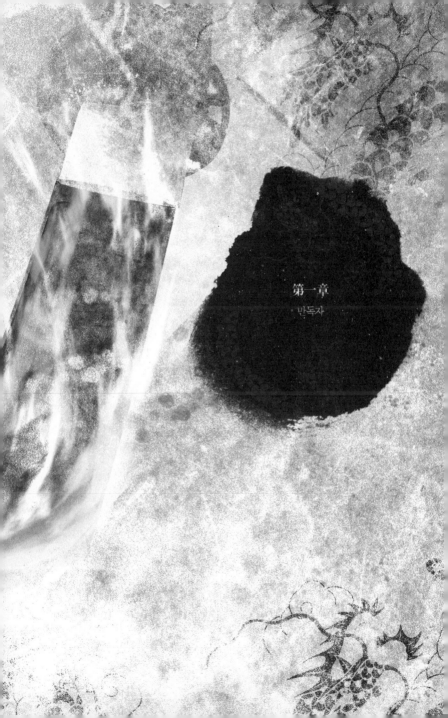

第一章

만독자

神刀無雙
신도무쌍

만독자는 세상을 새하얗게 불태우는 불꽃을 보면서 사자후를 터뜨렸다.

"으아아아!"

거친 괴음(怪音)과 함께 목에서 울려 나온 파장이 도풍과 강기의 행로를 뒤바꿔 놓았다.

또한 그 소리가 얼마나 컸던지 각주실 안에 있던 검후과 검각의 제자들, 그리고 소혼의 일행들까지 귀를 손으로 막으며 울리는 머리를 달래야만 했다.

쉬시시싯!

하지만 괴음이 한 번 스쳐 지나간 후에도 도풍의 비산은 끝나지 않았다.

　이미 한 번 기련산에서 고루삼마의 만조비명을 겪어본 적이 있는 터라 청각을 닫아걸면 소리의 영향을 받지 않는다는 것을 잘 아는 탓이었다.

　"쳇, 어쩔 수 없군."

　만독자는 손을 쭉 뻗어 독장을 연거푸 날렸다.

　퍼퍼펑!

　유현의 머리 위를 덮으려던 화기도 어느샌가 후끈한 바람으로 사라져 버렸다. 그제야 유현은 자신이 방금 전 목숨을 잃을 뻔했다는 것을 깨달았는지 정신을 차리고서는 말을 더듬거렸다.

　"너, 너는 누구냐! 교, 교에서 온 것이 아, 아니더냐?!"

　두 다리를 떠는 것이, 다짜고짜 자신에게 살수를 펼친 소혼에 대해 막연한 두려움을 갖게 된 것이 분명했다. 하지만 유현은 제천궁에서 자신에게 붙여준 이 독사라는 늙은이가 얼마나 강한지 잘 알기에 호랑이에 탄 것처럼[騎虎之勢] 두려움을 거두고 버럭 소리를 질렀다.

　소혼은 입가에 차가운 미소를 걸었다.

　"너를 죽이기 위해 명부(冥府:저승)에서 탈출한 사람."

　"이런 미친!"

　팟!

　짧은 중얼거림과 함께 소혼이 있던 자리에는 흐릿한 잔상만이 남았다.

쿠쿠쿵!

뜨거운 열풍과 함께 소혼의 신형이 미끄러지듯이 앞으로 쏘아지면서 능광도섬이 수없이 칼바람을 일으켰다.

"감히 어딜!"

만독자는 칼바람이 일 때마다 독장을 수없이 퍼부으면서 소혼의 공격 범위를 제한시켰다.

퍼퍼펑!

불꽃과 독기가 만나면서 큰 폭발이 수없이 뒤따랐다. 하물며 그것이 절대위에 오른 고수들의 결투임에야.

우르르르르!

기파의 충돌로 인해 마치 지진이 일어난 것처럼 각주전 전체가 위아래로 흔들렸다.

소혼과 만독자의 갑작스런 충돌과 그로 인한 피해는 각주전 안에 있는 사람들로 하여금 큰 당혹감을 낳게 하기에 충분했다.

결국엔 쩌거걱! 하고 건물 밑동과 천장 부분에 금이 갈 때쯤에야 검후와 팽무천이 깜짝 놀라 앞으로 나섰다.

"당장 손속을 멈추어라!"

하지만 소혼과 만독자의 대결은 끝이 보이지 않았다.

도풍과 수강이 서로 부딪치고 화기와 독기가 반목을 일으키길 수차례. 수없이 손속을 나누는 그들의 얼굴에서는 얼음

조각이라도 튀어나올 것 같았다.

팽무천은 애병 맹호도의 도파를 꽉 쥐고서 그들의 틈바구니 속으로 몸을 던졌다.

우우우웅!

채캉!

맹호도는 공간을 가를 듯이 날아가 분천도와 만독자의 수강(手罡)이 만나는 중간 지점에 맞닿았다.

도신을 따라 그 충격파가 전해져 오는데, 팽무천은 하마터면 그 자리에서 도를 손에서 놓칠 뻔했다. 그만큼 충격파는 팽무천의 상상을 초월하는 것이었다.

'이 정도의 힘이라니!'

소혼이 자신에 못지않다는 것을 알고 그와 대등한 싸움을 벌이는 만독자 역시 무시 못할 고수라는 것을 짐작은 하고 있었지만 이 정도일 줄은 몰랐다.

그 역시 공력을 칠 할이나 끌어올려 대응한 것이건만.

'그렇다면 그보다 더 큰 힘을 사용하는 수밖에는!'

팽무천은 일보를 강하게 내딛으면서 십 할에 해당하는 공력을 도신에 실었다.

휙!

그 순간 만독자가 땅을 강하게 내려찍으면서 위로 솟구쳤다.

"이제는 잔챙이까지 나의 목을 노리려 드는구나. 내 일수에 네놈들을 뼛속까지 녹여 버리고 말 것이야!"

퍼어엉!

그가 일장을 내밀자 녹색 광채로 얼룩진 장풍이 공간을 갈랐다.

그에 맞서 소혼은 분천도를 휘감고 있는 백색 광염의 불길을 더욱 거세게 태우며 그대로 횡을 그었다.

퓨퓨퓨퓨풋!

거대한 초승달 모양의 호(弧)에서 발출된 조각달이 독장을 연거푸 두들기다가 이내 파훼시키고는 그 너머의 진원지 쪽으로 날아들었다.

만독자는 한 손을 휘둘러 독기를 잔뜩 흩뿌렸다.

콰콰쾅! 하는 소리와 함께 공중에서 여러 번의 폭죽 소리가 들리는 와중에 소혼이 갑자기 그 독기 속으로 몸을 던졌다.

궁신탄영의 수를 가미시켜 튕기듯 위로 솟구친 그는 광염사도를 더욱 크게 불태우며 만독자의 머리 위로 분천도를 내려뜨렸다.

쿵!

"크윽!"

그 충돌 속에서 튕겨져 나온 것은 다름 아닌 만독자였다.

만독자는 불과 몇 달 전만 하더라도 소혼의 공격을 가볍게 받아넘길 수 있었다. 그 때문에 녀석이 전보다 강해진 것을 어렴풋이 짐작은 하고 있었으나 굳이 그것을 크게 염려하지 않았다. 제깟 놈이 제아무리 강해져도 쉬이 이겨낼 수 있으리란 자신감이 있는 탓이었다.

그런데 직접 손을 마주한 지금에서야 만독자는 깨닫고 말았다.

지금의 소혼은 처음 신강에서 만났던 그 녀석이 아니란 것을 말이다. 그때보다 족히 배는 강해져 이제는 자신과 대등한 경지에 놓인 자라는 것을.

만독자는 땅에 착지한 이후에 피를 울컥 쏟아냈다.

내공을 자유자재로 다루는 내가고수들의 싸움은 늘 경력(勁力)이 몰아친다. 경력이란 곧 내가중수법의 공부. 그것은 곧 한 번의 피해는 외상과 내상을 같이 입는다는 것과 일맥상통했다.

하지만 일반적으로 만독자와 같은 절대위에 오른 이후부터는 내상을 입는 경우가 거의 없다고 보면 되었다. 그런 경우를 꼽아봐야 같은 경지에 오른 사람과의 생사결일 때나 입을까. 제아무리 바로 밑의 경지라 하는 초절정일지라도 절대위와는 하늘과 땅 차이기 때문이었다.

물론 만독자는 일전에 신강에서의 충돌 때도 소혼에게 내상을 입긴 했었다.

하지만 그것은 지금처럼 자신의 목숨을 위태롭게까지 할 정도는 아니었다.

그 때문에 지금 만독자의 머릿속은 자신이 내상을 입었다는 사실보다 소혼이 내딛은 경지에 더욱 충격을 먹은 상황이었다.

'입신경 진(眞)에 다다랐단 말인가? 저 나이에······?!'

만독자 역시 이 갑자를 넘고 삼 갑자에 가까운 까마득한 세월을 투자하여 다다를 수 있었던 경지다.

다다를 것 같으면 어느새 저 멀리 날아가고, 쫓아가려고만 하면 안개처럼 뿌옇게 흩어지는 무엇. 그것을 얻기 위해 얼마나 많은 세월을 허비하였던가.

그래도 만독자는 꿋꿋이 자신을 닦달하며 수양을 거듭하였다. 위로 올라오라는 하늘의 부름마저 거스르는 산고 끝에 그는 불과 십 년 전에 지금의 경지에 다다를 수 있었다.

그런 경지를 저리 어린 나이에 다다랐다고? 불과 서른도 되지 못한 애송이가?

질투는 눈덩이처럼 자꾸 불어나 이제 만독자 자신도 감당할 수 없을 만큼 커지고 말았다. 짙은 녹색으로 빛나는 그의 안광은 세상의 모든 것을 치뚫을 것만 같았다.

그 순간, 공간을 격하며 소혼이 모습을 드러냈다.

생사결에서 우위를 점하고 있는 자라면 쉬이 지을 수 있을 법한 미소도 달지 않은 무뚝뚝한 모습 그 자체로.

휭!

분천도가 파공음과 함께 움직이는 소리는 만독자의 귓가에도 선명하게 들려왔다.

만독자는 이가 부서져라 악물면서 양 손바닥을 크게 활짝 폈다.

동시에 탁한 녹색으로 물들어 있던 그의 눈동자 위로 짙은 붉은빛 섬광이 흘러나왔다.

쿠우우우우!

음산한 독기에 정체를 알 수 없는 기운이 실려 짙게, 그리고 아주 넓게 퍼졌다.

독무(毒霧).

닿는 모든 것을 녹여 버린다는 독인(毒人)의 권능이었다.

"죽… 여… 주… 마…!"

'혈백!'

소혼은 직감적으로 지금 만독자가 펼치고 있는 것이 혈백이라는 사실을 깨달았다. 회의 사람들도, 제천궁의 사람들도 목숨이 경각에 처했을 때에 펼치는 비장의 한 수.

그렇지 않아도 승부를 장담할 수 없던 상대이건만 혈백까지 사용했다는 사실은 소혼으로서는 부담일 수밖에 없었다.

하지만 이미 도는 뽑아졌고, 만독자와의 악연은 반드시 끊어야 하는 사슬이었다.

'벤다!'

짧은 다짐과 함께 분천도가 독무 사이로 스며들면서 거대한 열기를 발출시켰다. 불꽃을 휘감은 회오리바람, 열권풍이었다.

쿠르르르!

'이 정도라니⋯⋯.'

소혼과 만독자의 싸움을 말리기 위해 그들의 대결 속으로 몸을 던졌던 팽무천은 맨 처음 일도를 휘두른 이후로 단 한차 례도 몸을 움직이지 않았다.

그들의 대결에 끼어들 엄두가 나지 않는 탓이었다.

싸움을 막는 것도 그만한 실력이 있어야 가능한 것이지, 만약 그럴 힘이 없다면 도리어 화를 입을 수 있는 것이 강호인들의 싸움이었다. 그것이 하물며 절대고수들의 공전절후한 싸움임에야.

사람 밖에 사람 있고 하늘 밖에 하늘이 있다는 말이 절실하게 느껴지는 순간이었다. 천외천(天外天), 달리 지칭한다면 이렇게 표현할 수 있을 것이다.

'정저지와. 나는 그저 우물 속에서 한정된 하늘만을 보고 자란 개구리일 뿐일지니.'

지금 팽무천이 소혼을 위해 해줄 수 있는 일은 아무것도 없었다.

그저 저들의 충돌에 애꿎은 검각의 제자들이 휘말리지 않게 간간이 밖으로 날아드는 강기의 파편을 쳐내주는 것밖에는.

*　　　*　　　*

"모두 밖으로 대피하라!"

검후는 각주전 안에 있던 제자들을 모두 밖으로 피신시키기 시작했다.

개중에 몇몇은 감히 대검각의 각주전에서 칼을 휘두르는 저들을 척살해야 한다며 성토했지만, 검후는 그때마다 고개를 내저었다.

"저들은 나도 승부를 장담하기 어려운 이들이다. 공연히 휘말리게 되면 너희들 목숨마저 위태로워질 수 있다. 내가 바라는 것은 너희들의 안전이지, 그깟 하등 쓸모없는 검각의 위신이 아니다."

결국 강경책을 주장하던 제자들까지 검후의 본심을 깨닫고는 묵묵히 각주전을 빠져나갔다.

마지막에 검후와 함께 각주전을 나온 제자는 바로 소혼과 팽무천 일행을 각주전까지 안내했던 여문도였다.

이하영이라는 이름을 가진 아이로, 검후가 직접 거둔 일곱 제자 중 가장 일신의 능력이 뛰어나고 성격 또한 가볍지 않아 차대 검후의 후보 중 한 명으로 꼽히기도 했다.

"죄… 송합니다."

이하영은 검후 앞에서 바짝 몸을 엎드렸다.

평상시 강호의 인사치레 따위를 크게 달가워하지 않던 검후로서는 도저히 묵과할 수 없는 행동이었다.

"제자는 어찌하여 이리도 사람이 많은 곳에서 나를 이토록 부끄럽게 하는가!"

불과 얼마 되지 않는 문도 수를 자랑하지만 검각이 강호에서 이름을 크게 떨칠 수 있었던 이유는 강한 무공 덕택이기도 했지만, 그만큼 기강이 세고 반듯하기 때문이었다.

늘 어머니처럼 인자한 미소를 입에 달고 사는 검후라 할지라도 한번 성을 내게 되면 그 누구도 걷잡을 수 없을 정도로 무서워지는 것은 어찌 보면 당연하다고 할 수 있었다.

하지만 이하영은 사부의 서슬 퍼런 질타에 몸을 움찔거리면서도 몸을 일으킬 생각을 하지 않았다. 그것이 더욱 검후의 화를 돋운다는 사실을 알면서도 말이다.

"각주전 안으로 적도들을 끌어들인 죄, 가벼이 받지 않겠습니다."

검후의 안색이 차갑게 굳어졌다.

"처음 저들을 각 내로 들이라고 허락했던 것은 바로 나였다. 그런데 제자는 어찌 그리 받아들이는가?"

"각주의 윤허가 있었다 하더라도 저는 각의 문을 호위하던 문지기였습니다. 그런 사람이 각 내에서 소란을 일으킬 사람인지 아닌지도 제대로 판별조차 하지 못한 채 우환을 끌어들이고 말았……."

"갈!"

검후는 크게 화를 내고 말았다.

"너에게는 죄가 없다! 허(許)를 윤(允)한 것은 바로 나였다. 죄가 있다면 나에게 있다 할 수 있지, 절대로 너에게는 있다 할 수 없다."

"하지만……."

"네가 정녕 그래도!"

"……."

검후는 아예 이하영의 말을 가차없이 뿌리째 뽑아버렸다.

이하영은 아무런 말도 없이 눈물만 뚝뚝 흘렸다.

그 모습이 얼마나 애처로워 보이던지, 그 광경을 숨죽여 지켜보던 다른 제자들도 이하영을 따라 진심으로 눈물을 흘리고 있었다.

팽시영 역시 이하영의 모습이 안타까웠던지 팽무천의 소맷자락을 끌어당기며 말했다.

"할아버지, 말려봐요."

"뭘?"

"검후님 말이에요."

"저 할망구가 뭐?"

심드렁하게 답하는 조부의 모습이 밉게 보인 것일까, 팽시영은 살짝 분이 담긴 목소리로 말했다.

"저 제자분은 분명 잘못한 것이 없잖아요. 검후께서도 그 사실을 잘 아시면서도……."

"너무 크게 화를 내는 것이 아니냐고?"

팽시영이 살짝 고개를 끄덕이자, 팽무천은 피식 하고 웃었
다.

문제는 그 '피식' 하는 소리가 조금 컸던 탓에 조용히 검후
와 이하영을 보고 있던 다른 제자들의 귓가에도 모두 들렸다
는 것이다.

이런 엄숙한 자리에서 들리는 콧방귀를 듣고 화가 나지 않
을 제자는 없었다. 수십 쌍이 넘는 시선이 비수처럼 그들 조
손에게 꽂히자 팽시영은 발을 동동 구르고 말았다.

만약 팽무천이 검후와 젊었을 적에 안면이 있던 동료가 아
니었다면 제아무리 팽무천이 강호에서 명망이 자자하다고 한
들 자존심 강한 검각의 제자들 성격에 가만히 보고만 있을 리
가 없었다.

하지만 팽무천은 여문도들의 날카로운 시선에 아랑곳하지
않고 도리어 농까지 던질 정도였다.

"끌끌, 이 나이에 이만큼 대단한 인기라니. 미안하지만 아
이들아, 내가 제아무리 족히 이십 세라고 해도 부족하지 않을
만큼 젊어 보인다고 하지만 나에게는 이미 너희들만 한 손녀
가 있어 그런 시선들은 오히려 부담스러우니 그만 그 연정을
삭이도록 하여라."

"……"

"첫사랑은 의외로 쉽게 잊힌단다. 끌끌!"

"……."

차가운 바람이 부는 것 같았다.

뻔뻔해도 저리 뻔뻔할 수 있을까. 안면에 족히 몇 치는 될 법한 철판을 깔아도 부족하지 않을 만큼 팽무천은 뻔뻔했다.

몇몇 검각 문도들이 더욱 화가 어린 눈길로 다시 팽무천을 째려보았지만, 정작 팽무천은 '흘흘, 이놈의 인기란……' 이라는 당치도 않는 표정을 짓고 있었다.

팽시영이 길게 한숨을 내쉬는데, 그녀의 귓가로 팽무천의 음성이 귓속말처럼 나지막하게 들려왔다.

"네 걱정처럼 저 할망구를 말리지 않아도 된다."

팽시영의 의문 어린 시선이 팽무천에게로 향했다.

"저 할망구는 말이지, 검각이라는 우리 팽가와 비교해도 절대 뒤지지 않는 거대한 문파를 이끄는 각주라는 자리에 어울리지 않게 마음이 너무 여린 사람이다."

장난스럽게 말하는 팽무천의 말에서 일순 씁쓸함이 느껴지는 것 같다는 것은 혹 팽시영만의 착각이었을까.

"아마 저 아이를 꾸짖는 지금도 할망구의 마음은 수십 수백 번이고 칼로 난도질을 한 것처럼 욱신거리고 아플 게야."

"……."

"끌끌."

팽무천의 말처럼 검후는 아직 굳은 얼굴을 하고 있었지만, 눈가는 살짝 촉촉하게 젖어 있었다.

그리고 곧 어느새 검후는 이하영을 품에 안은 채 그녀의 등을 가만히 다독여 주었다. 이하영도 어머니와 같은 따스한 그녀의 품에 꼭 안겨 눈물을 흘리고 있었다.

서로를 위하는 정. 냉혈과 무정으로 가득 차 혈연조차 믿지 못하는 이 강호에서 보기 드문 사제 간의 정이라 할 수 있었다.

"끌끌, 봐라, 맞지?"

팽시영은 가만히 고개를 끄덕이며 검지로 눈가를 훔쳐 냈다. 그녀 역시 검후와 제자 간의 애틋한 사제지정에 감동을 받은 탓이었다.

하지만 그것도 잠시,

인자한 모습으로 제자를 다독여 주던 검후가 다시 굳어진 얼굴을 하더니 팽시영과 팽무천이 있는 곳으로 도끼눈을 하고 째려왔다.

팽시영은 그 눈빛에 저도 모르게 몸을 움찔거렸는데, 팽무천은 무엇이 그리도 좋은지 낄낄 웃기만 했다.

"흘흘, 이놈의 인기는 식을 줄을 모르는구나."

검후는 노성을 질렀다.

"이 거지같은 자식아!"

일순, 훈훈함으로 따스했던 공기가 북쪽의 빙해처럼 차가워진 것 같았다. 아직까지 검후의 품 안에서 있는 이하영마저 몸을 움찔거렸다.

"왜?"

팽무천이 입가에 미소를 달며 반문하자 검후가 외쳤다.

"내가 제자들 앞에서 함부로 입 열지 말라고 했어, 안 했어?!"

"무슨 말? 아, 네가 맘 여리다는 말?"

순간 검후의 얼굴이 홍시처럼 빨갛게 달아올랐다.

분명 그 말은 칭찬에 가까웠지만 정작 저렇게 직접적으로 듣게 되면 낯간지러울 수밖에 없었다.

검후는 재빨리 전음을 날렸다.

[제자들 있는 앞에서 그런 말을 하면 어떻게 해!]

"왜 그런 말을 제자들 앞에서 하면 안 돼? 좋은 말이잖아? 착하다고 하는 것도 죄냐? 끌끌!"

전음을 보냈다는 것은 이 대화를 남들에게 알리기 싫다는 뜻이니, 상대도 전음으로 상대해 주는 것이 예의이건만 팽무천은 마치 바로 옆에서 대화를 하는 것처럼 진성으로 답했다.

아니, 오히려 남들 들으라는 듯이 쩌렁쩌렁하게 외치며 검후가 한 말까지 모두 언급하는 것이 뇌레 검후를 골탕 먹이려는 술수가 다 눈에 보였다.

이리되니 정작 부끄러운 것은 검후를 비롯한 검각의 제자들. 하지만 힐끔 검후를 훔쳐보는 제자들의 시선에는 평상시 완벽할 것만 같던 검후의 예상지 못한(?) 면모를 발견했다는 사실에 호기심이 가득 차 있었다.

[야, 이 개자식아!]

빼액! 검후의 전음이 긴박하게 들렸지만,

"헐! 개자식이라니! 불도일검(佛道一劍) 검종전각(劍宗殿閣)의 각주라는 사람이 개자식이라는 말을 쓰다니!"

[닥치지 못해!]

"닥치라니! 여중제일검수(女中第一劍手) 활검무후(活劍武后)의 입에서 어찌 저런 상스런 말이 나올 수 있을까!"

[인마!!]

결국 검후는 전음에 살기가 가득 배어나는 공력을 실어 사자후의 수법으로 팽무천의 귓전을 때렸다.

얼굴이 붉게 달아올라 씩씩거리는 것이 팽무천의 말장난에 완전히 넘어간 것이 분명했다.

[흘흘, 왜 그래?]

팽무천은 그제야 선심 쓰듯이 검후에게 전음을 보냈다. 하지만 이미 그들의 대화는 다른 사람들이 모두 들은 상황. 붉게 달아오른 검후의 얼굴은 도저히 식을 기미를 보이지 않고 있었다.

[…전날의 일을 두고 복수하는 거지, 영감탱이?]

[무슨 일?]

짐짓 모르겠다는 투로 대응하자 검후가 잔뜩 굳어진 목소리로 답해왔다.

[사십 년 전의… 일.]

[사십 년 전? 그때 무슨 일이 있었더라? 끌끌, 그때는 내가 네 말대로 하도 거지발싸개처럼 구주가 좁다 하고 뛰어다니던 때라서 말이지.]

[아직까지 그때의 일이 한으로 남았던 거야, 무 랑(武郎)?]

[……!]

마지막 한 단어, 무 랑. 그것은 더 이상 팽무천으로 하여금 장난기가 가득한 익살맞은 노인으로 행동하지 못하게 만들었다.

[그때의 일은… 잊었다.]

팽무천의 목소리가 무거워진 이유는 무엇인지.

[정말……?]

팽무천은 가만히 하늘을 바라보았다. 유유히 흘러가는 구름. 한때 저 구름과 같은 삶을 꿈꾼 적이 있었다. 그렇게 자유롭게 흘러가다 보면 구름이 될 수 있을 거라 믿었다.

하지만 사람의 인생이란 구름과 많이 달랐다. 구름은 비가 되어 사라질 때까지 자유롭게 흘러가지만, 사람 앞에는 굴곡이란 것이 너무 많았다. 그리고 그 굴곡을 넘어갈 힘이 그에게 없음을 알았을 때… 모든 소망과 소원, 그리고 그토록 꿈꾸던 이상이 여과없이 무너졌다.

[세월은 흐르면서 나는 팽가의 가주가, 너는 검각의 각주가 되었다. 그리고 나는 이제 가주 자리를 아예 아들에게 물려주었지. 그만큼 세월은 흘렀고 시간은 저만치 날아갔다. 잊지

않는다 한들 어찌할 텐가. 우리에게는 과거로 회귀할 힘이 없건만.]

팽무천도, 검후도 아무런 대답이 없었다.

그저 묵묵히 있을 뿐이었다.

더 이상 팽무천과 검후가 전음으로도 대화를 나누지 않는다는 것을 팽시영과 제자들도 깨달았지만, 정작 그들은 정적을 깨뜨릴 엄두를 내지 못했다.

그만큼 그들 사이에 흐르는 묵묵한 기운이 너무나 무거웠던 탓에.

하지만 그 정적이 깨지는 것은 순식간이었다.

팟!

갑자기 그들 머리 위로 무언가가 솟구쳤다.

공간을 꿰뚫듯이 날아드는 그것은 분명 코를 찌르는 짙은 마기였다.

"할아버지!"

팽시영이 팽무천을 부르자, 팽무천은 언제 자신이 딱딱한 인상을 지었느냐는 듯이 쾌활한 면모를 되찾으며 호탕하게 외쳤다.

"알겠다!"

쉿!

어느새 팽무천의 손에는 맹호도가 쥐어져 있었다.

거칠게 공중을 한 번 내리긋자 도합 다섯 개의 강기가 도풍에 실려 하늘 위로 비산해 올랐다. 팽가의 가주에게만 대대로 내려오는 오호단문도의 사초식, 오호맹아(五虎猛牙)였다.

그때 마기를 내뿜으며 자리를 벗어나고자 하던 자는 자신을 노리고 날아드는 강기를 피할 수 없음을 직감적으로 깨닫고 그 자리에서 세차게 몸을 돌렸다.

"젠장! 이것은 대체 또 무엇이란 말이냐!"

쿠릉! 쿠르릉!

손에서 발출된 장공이 강기를 수없이 때리다 이내 짙은 안개를 내며 공멸했다.

사내는 그 안개에 묻혀 자신의 모습을 감추려 했지만, 팽무천은 이를 절대 놓치지 않았다. 목표를 한번 설정한 노강호의 눈은 아직 연륜이 일천한 젊은 사내가 피하기에는 너무나 끈질겼다.

"거기구나!"

팽무천은 이번엔 도풍을 쏘지 않고 자신이 그곳으로 몸을 던졌다. 그런 뒤 궁신탄영의 수와 함께 바짝 간격을 좁히며 맹호도를 세차게 휘둘렀다.

휙!

날카로운 한 수였다. 사내는 끈질기게 자신을 따라붙으려는 팽무천에게 노한 듯, 고함을 버럭 지르면서 일신의 무공을 드러냈다.

"죽여주마!"

사내의 손바닥이 수십 개로 분리되었다.

마치 마불(魔佛)이 강림하여 천수(千手)로 세상을 억누르는 듯한 착각이 일었다.

머리가 핑 하고 어지러워질 정도의 짙은 마기에 팽무천은 인상을 와락 일그러뜨렸다. 삼십 년 정마대전 동안 정말이지 진물이 나도록 겪었던 마기가 아닌가. 그것도 순수 무력 대 무력으로 싸움을 하는 것이 아닌 기환술로 상대를 현혹하여 쓰러뜨린다는 곳의 마기였다.

"환도맥의 사람이란 말인가!"

제아무리 성정이 정사지간에 가깝다 하더라도 정파인들에게 마인은 반드시 척살해야 하는 공적에 지나지 않았다.

어느새 가벼운 마음으로 녀석을 상대하겠다는 팽무천의 처음 마음은 싹 사라진 지 오래였다.

"녀석이 도망칠 기미를 보이면 어르신께서 나서서 잡아주시오."

소혼은 짐짓 만독자와 대결에 들어가기 전에 팽무천에게 한 가지를 부탁했다.

팽무천은 처음에 녀석이 자신에게 부탁할 일도 있나 싶어 했지만 이제 그 이유를 깨달았다. 제아무리 절대위의 경지를 밟았다 하더라도 저 추레한 늙은이와 이 환도맥의 사내를 동시에 상대할 수는 없었던 것이다.

'물론, 이제는 네놈의 부탁이 아니더라도 녀석을 붙잡아야 하겠다만!'

팽무천은 이 녀석을 상대함에 있어서 절대 허점을 내보이지 않았다.

호랑이도 먹이를 사냥함에 있어서 최선을 다하건만, 하물며 상대가 소혼의 원수임에야 제아무리 나이가 어리더라도 절대 약하지 않을 것이란 게 그의 생각이었다. 그리고 그것은 정답이었다.

쿠쿠쿠쿠!

본격적인 대결에 들어가자 사내는 처음에 오호맹아에 속수무책이던 모습이 아닌, 강호의 노련한 절정고수의 면모를 보였다. 아니, 실력으로만 따진다면 중원의 신주삼십이객과 비교해도 절대 뒤지지 않았다.

천수마공(千手魔功)과 마불재래보(魔佛在來步)는 환도맥을 상징하는 맥주비기(脈主秘技)다. 그러니 절대 약할 수가 없는 것이다.

쿠룽! 쿠르르룽!

쾌환(快幻)이 낳는 천수의 위력은 천하의 굉음벽도도 놀라게 할 만큼 대단한 것이었다.

하지만 벽력은 파사의 상징. 불길한 것을 불태우고 역천을 순리대로 돌리는 하늘의 상징이다. 하물며 그것을 펼치는 이가 사내보다 한 단계는 높은 절대위의 경지를 딛고 있다면 승패는 보지 않아도 뻔했다.

콰콰콰콰쾅!

결국 오십여 초가 지나갈 때쯤 천수마공으로 어렵게 오호단문도를 튕겨내던 사내의 손속도 조금씩 느려지기 시작했다.

'대체 어찌하여 이 늙은이가 이런 오지에 있는 거지? 제길!'

사내, 환도맥주 유현은 참담한 마음이 일었다.

제천궁을 직접 조사하자는 신마맥주 진성의 제의와 함께 그들은 고연대를 제외하고 모두 이곳 강호로 넘어왔다.

감숙에서 역천맥주 채홍련과 유현은 진성의 명에 따라 임무를 받고 남쪽으로 이동했다. 그리고 임무 중 하나를 위해 검각이 있는 주산군도로 넘어가는 도중에 회로부터 호위무사라며 만독자를 소개받았다.

그리고 지금에까지 이른 것인데…….

'대체 이런 자들이 어디서 나타났단 말이냐!'

만독자는 분명 유현으로서는 가늠하기 힘들 정도의 강자였다. 그가 아는 인물 중 가장 강한 인물이었던 대마종과도 쉬이 비교하기 힘들 터였다.

그런 그와 대등한 싸움을 벌이는 자의 등장으로도 모자라 마교의 그림자라는 혼살(魂殺)과 경지가 비슷하다는 꿩음벽도의 등장은 유현으로서도 당황스럽고 또한 이겨내기 힘든 시련이었다.

그리고 그 힘든 시련의 결과는,

채캉!

서서히 종막에 이르고 있었다.

수십 합을 겨루면서 유현의 남은 공력이 얼마 남지 않음을 간파한 팽무천이 서서히 숨겨둔 힘을 드러내기 시작한 것이다.

도신에 강기를 둘러 마불의 천수를 튕겨내면서 일보를 내딛었다. 백호군림(白虎君臨)의 등장이었다.

팟!

사신(四神) 중에서 서쪽을 다스리며 금(金)을 상징하고 태백신을 비춘다는 전설의 신수 백호. 하북팽가를 개파한 시조는 젊은 시절에 신수 백호의 위용을 보고 깨달은 바가 있어 한 가지 무공을 탄생시켰다고 전해진다. 그것이 바로 백호천림공(白虎天臨功)이었다.

쿠우우우!

백호의 발톱은 마기를 단숨에 분지르고 지나갔다. 또한 강렬한 이빨은 상대의 몸뚱어리를 와그작 깨물어 버렸다.

"크아아악!"

마불의 천수를 펼치던 유현의 양손이 팔과 분리되어 땅에 떨어졌다. 양손이 베이는 느낌은 아주 고통스럽다. 마음의 고통도 함께 전달되기 때문이다.

하지만 팽무천은 거기서 그치지 않고 앞으로 한 걸음 더 성큼 나섰다.

핑!

맹호도가 앞으로 길게 날아들더니 유현의 단전을 단숨에 뚫고 지나갔다.

"으어어어어……!"

유현은 땅바닥에 주저앉은 채로 간질이 일어난 사람처럼 몸을 부들부들 떨었다. 군림자의 위치에 있다가 단 한순간에 모든 것을 잃게 되었으니 어찌 아무렇지 않을 수 있을까.

어찌 보면 과도한 손속이라 할 수도 있었지만 팽무천은 전혀 신경 쓰지 않는 눈빛이었다.

마교의 환도맥은 기이한 술수로 수백에 가까운 정파인들을 죽인 전적이 있는 이들이다. 그곳의 맥주, 혹은 그 직계로 보이는 인물을 상대하는 데 손속에 정을 둔다는 것이 더욱 이상할 터였다.

"죽지는 않았네요."

팽시영의 짧막한 말에 팽무천은 고개를 끄덕였다.

"녀석과 담판을 지을 것이 있다며 생포해 달라고 한 이가 소혼이었으니까. 만약 녀석의 부탁이 없었다면 이놈의 목은 몸과 붙어 있을 수 없었을 게다."

팽무천은 위선에 찌든 정파인들도 싫어하지만, 생명을 가벼이 다루는 마인들도 역시 싫어했다. 아니, 증오했다.

"그런데 소 공자는 마교의 간부로 보이는 이 사람과 과연 무슨 관계가 있을까요?"

"정확하게는 마교와 어떤 관련이 있는지가 중요하겠지."

삼십 년 정마대전 이후에 중원 강호에서 마교와 악연을 맺지 않은 자가 누가 있겠냐만은 소혼은 약간 특별한 경우라 할 수 있었다.

"소 공자는 자신더러 '천산'에서 왔다고 했어요. 그도 역시 마인이었을까요? 마교에서 축출된……."

"마교에서 축출된 마인이라……."

"그렇지 않으면 이 사람에 대한 원한이 있을 수 없잖아요?"

소혼은 그들에게 말했다. 새외에서 맺은 악연이 있다고 말이다. 그렇다면 팽시영의 말이 옳을 수도 있었다. 마교에서 축출된 마인. 자신을 내쫓은 마교도에게 원한을 가지다.

하지만 그것은 반대로도 생각할 수 있었다.

"…그것도 아니면 이자가 마교의 배신자이고, 소혼이 그 배신자를 처단하기 위해 신강을 떠난 자일 수도 있지."

팽무천은 작게 중얼거렸다.

소혼이 입을 열 때까지 그에 대한 정체는 아무도 알지 못한다.

하지만 하나만은 분명했다.

무언가 마교와 직접적인 관련이 있다는 것. 그리고 그 사실은 그 자체만으로도 강호공적이 된 소혼을 더 궁지로 몰아넣을 수 있었다.

그 누구도 구해주지 못하는 낭떠러지 그 끝으로.

팽시영이 살짝 검후에게 눈빛으로 이 일에 대한 물음을 던지려 했지만 검후는 씁쓸한 미소를 지으며 고개를 내저을 따름이었다.

"그나저나 이제 저들의 싸움도 끝이 나는 듯 보이는군."

그때 팽무천의 혼잣말이 들려왔다.

쿠쿠쿠쿵!

천지를 뒤흔드는 결투가 드디어 종막에 다다른 것이다.

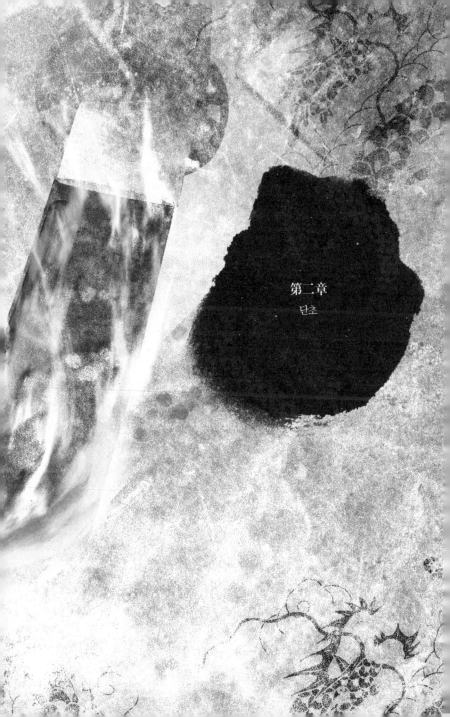

第二章

단초

神刀無雙
신도무쌍

팽무천의 말대로 소혼과 만독자의 대결은 그 끝을 향해 달려가고 있었다.

쿠쿠쿵!

혈백을 일깨워 싸움에 임하는 만독자와 그런 만독자를 베기 위해 칼을 수없이 휘두르는 소혼. 분명 보통 때의 소혼이라면 혈백을 펼치는 만독자를 이기기란 불가능할 터였지만, 절혼령 팔성의 경지는 둘의 격차를 단숨에 좁혀놓았다.

화기와 독무가 부딪칠 때마다 일어나는 폭발은 이제 각주전을 넝마로 만들어 버렸다. 언제 쓰러진다 해도 놀라지 않을 만큼 건물이 상해 버린 것이다.

이러한 싸움의 양상이 끝을 보기 시작한 것은 분천도에서 화편월이 한두 개가 아닌 수십 개가 떨어진 때부터였다.

분천사도 화편월은 보통 강호인들이라면 한 번 뽑아내기도 힘든 강기를 수십 개나 흩뿌리는 데서 착안된 초식이다. 거기에 열양공 특유의 열기까지 가미된 강기의 파편은, 멀리서 본다면 한 편의 유성우라고 해도 될 만큼 아름다웠다.

하지만 제아무리 아름답다고 하더라도 강기는 강기다. 하나만으로도 족히 수십을 벨 수 있는 강기가 무려 수십 개나 한 곳에 밀집할 때의 파괴력은 상상을 초월했다.

콰콰콰콰콰쾅!

그 파괴력이 얼마나 대단한지, 일순 산자락에 터를 잡고 있는 제자들은 혹여나 군도 근처에서 전쟁이라도 터졌나 하며 전각이나 건물에서 나와 소리의 진원지 쪽으로 고개까지 내밀 정도였다.

그것은 검후와 팽무천을 비롯한 이들도 다르지 않았다.

그들 역시 무극(武極)을 보기 위해 무를 닦는 무인들. 그런 그들에게 친외천으로 보이는 싸움은 정말이지 이루 말로 표현할 수 없는 광경이었다.

"무 랑, 정말 저 젊은이가 백염도라는 말이야?"

검후의 목소리는 절대 믿지 못하겠다는 심중이 숨어 있었다. 그리고 그녀는 어느새 젊었을 적 이후로 단 한 번도 입에 올리지 않았던 그의 애칭을 자연스럽게 입에 올렸다. 그녀 스스로도 깨닫지 못한 변화였다.

그녀가 전해 듣기로, 강호를 혼란으로 몰아넣은 백염도는 분명 절대위의 고수인 것은 사실이지만 저토록 천외천에 가까운 경지를 보인다는 말은 듣지 못했다.

특히나 백염도는 겉으로 보기에도, 그리고 자신이 밝히기에도 나이가 이립(而立:서른)을 넘지 않는다고 했다. 저런 경지를 저 어린 나이에 이룰 수 있다고?

"강호에서부터 줄곧 함께해 왔으니 내 장담할 수 있다. 왜? 믿기지 않는 건가?"

팽무천의 물음에 검후는 고개를 끄덕였다.

"저 정도의 능력이라면 분명 절대위에서도 상위에 해당한다는 입신경……. 저 나이에 가능할 리 없지 않아?"

"혹여 반로환동이라도 한 게 아니냐고 묻고 싶은가 보구나."

"그게 아니라면 저 경지를 절대 설명할 수 없을 테니까."

팽무천도 검후의 그 의견에 대해서는 동의했다.

입신은 신화(神化)를 앞둔 이가 다다라야 한다는 무극의 경지 중 하나다.

신화란 불가에서는 적멸(寂滅)이나 무위적정(無爲寂靜)을, 도가에서는 우화등선(羽化登仙)을 의미한다. 그것은 곧 인간이라는 틀을 벗어나 윤회의 저주스런 속박에서 벗어난다는 뜻.

문제는 이 신화경에 입문하기 전에 다다라야 하는 입신경, 그 자체만으로도 일반 사람들에게는 요원하기 그지없는 경지라는 것이다.

　"미안하지만 소혼은 반로환동을 해서 젊은이로 가장한 그런 괴팍한 노인네가 아니야."

　"그걸 어떻게 장담할 수 있어?"

　"저 아이, 절강에서 제법 이름을 떨쳤던 소가의 자식이라더군. 그것도 증인들이 제법 있어."

　"……!"

　검후의 눈동자가 번쩍 뜨였다.

　'절강소가……!'

　일순 검후의 몸이 부들부들 떨리기 시작했다. 마치 학질에 걸린 사람처럼 말이다.

　팽무천은 깜짝 놀라고 말았다.

　"소 매, 갑자기 왜 그래? 몸이 안 좋아?"

　검후는 팽무천의 품에서 고개를 저었다. 머리가 약간 어지러운 듯 한 손으로 이마를 시냉한 뒤 입을 열고 내뱉는 음성에서는 미약한 떨림이 숨어 있었다.

　"정말 저 아이가 절강소가의 아이란 말이지? 이십 년 전쯤에 사라졌다는 그… 소가의……?"

　"남궁가의 가주가 증언을 해주었다."

　"……."

검후는 그 후로 벙어리처럼 입을 꾹 다문 채로 일체 아무런 질문이나 말도 하지 않았다.

'소가장의 아이가 나타났다니……. 그것은 곧 이십 년 전에 절강에서 엮였던 인연의 사슬이 드디어 밖으로 드러난다는 것을 의미하겠지.'

이유를 알 수 없게 검후의 눈동자가 수없이 떨리는 와중에 팽무천의 시선은 소혼에게로 향해 있었다.

입신은 그 이름에서부터 이미 신(神)이 된다는 것을 뜻한다. 무를 닦는 사람들에게 입신경은 저 멀리 하늘에서 빛나는 별이라고 해도 틀린 말은 아닌 것이다.

팽무천도 늘그막에 어렴풋이 잡히는 것이 있어 오 년 폐관 수련 끝에 입신경에 살짝 발을 담글 수 있었다.

입신은 그야말로 천외천의 세상이다.

여태껏 두 눈에 담지 못했던 것을 담을 수 있었다. 그동안 깨닫지 못한 진리와 진실 등을 자연스레 꿰뚫어 보는 혜안(慧眼)도 자연스레 가지게 되었다.

같은 절대위로 묶여 있다 하더라도 입신에 오르지 못한 사람과 오른 사람의 차이는 하늘과 땅 차이인 것이다.

그리고 무의 능력, 자질, 깨달음, 그리고 인연까지 골고루 닿아야만 이룰 수 있다는 그 경지를 저 나이에 닿은 사람은 강호사를 통틀어 봐도 손가락에 꼽을 정도다.

그런 몇 안 되는 인물 중에서 소혼을 보고 있노라면 생각나는 사람이 두 명 있다. 그들은 바로…….

절혼령(切魂靈) 위극(偉極), 천마일존(天魔一尊).

달리 고금제일인 천마라 불리는 사람.

그리고,

강호에서 일신이라 불리는 사람이 있다.

무일양신(無一恙神) 소무양(蘇無恙).

*   *   *

콰르르르!

소혼은 절혼령이 팔성에 들어선 이후에 비약적으로 발전한 자신의 능력에 스스로 탄복하고 있었다.

처음에는 그저 공력이 더 많이 늘어나고 약간의 깨달음이 있어 도를 휘두르는 데 한결 수월해진 것뿐이라고 생각했는데, 지금에 와서는 생각이 많이 달라졌다.

자꾸 만독자와 손속을 나누면 나눌수록 만독자의 경지가 얼마나 깊은지, 그와 더불어 자신이 내딛은 입신경 진체의 능력이 얼마나 대단한 것인지를 몸소 깨닫고 있었다.

갑작스런 발전은 되레 익숙지 않은 몸을 만들어주어서 무인으로 하여금 더 큰 위험을 낳을 수 있는 요인이 되기도 하나, 경지를 넘어선 천외천의 싸움에서는 되레 자신의 능력을 확실하게 점검할 수 있는 기연을 낳기도 했다.

소혼은 바로 후자에 해당하는 경우로서, 그는 이제 비약적으로 발전한 몸에 완전히 익숙해졌을 뿐만 아니라 그 능력을 어떻게 사용해야 더욱 효율적인지를 본능적으로 체득하고 있었다.

그리고 그 결과는 곧 바로 드러났다.

팟!

짧은 발돋움과 함께 소혼은 공간에 스며들 듯이 몸을 날렸다.

분천도의 도신을 휘감은 불길은 더욱 새하얗게 불타올라 만독자가 뿌려놓은 독무를 집어삼키고 있었다.

화르르륵!

갑작스런 상황의 반전에 만독자는 더욱 진기를 끌어올려 독무를 지탱하고자 했다. 하지만 소혼의 칼은 이미 공간마저 갈라 버리는 참공(斬空)의 경지에 닿아 있었다.

서걱!

독무 위쪽으로 비스듬히 사선이 그어지는가 싶더니, 이내 공간 자체가 비틀리며 곧 소멸되었다. 존재 자체가 사라져 버린 것이다.

"감히 나의 만독절혼무(萬毒切魂霧)를……!"

만독자는 충혈된 것처럼 두 눈이 뻘겋게 달아오른 채로 노기를 터뜨렸다.

그와 동시에 만독자의 몸을 휘감고 있던 불그스름한 기운이 더욱 요란한 광채를 더하기 시작했다. 한때 그에게 절연오천 중 독천(毒天)이라는 이름을 붙여주었던 단혼사공(斷魂死功)이라는 초식이었다.

"죽어어어엇!"

만독자는 구양 능윤해보다 못한 성취를 이루고 있었던 것인지 혈백을 펼치고 있는 그의 눈동자에서는 광기와 사기가 물씬 풍겨나고 있었다.

"이 지긋지긋한 당신과의 악연… 이제는 끝내고 싶소."

닿는 공기도 녹여 버릴 정도로 독한 일장이 머리 위로 떨어지고 있었지만 소혼은 그것을 피할 생각을 전혀 하지 않았다.

팟!

몸을 세차게 돌리며 만독자의 공격에 대항할 속셈인 듯했다.

풍차처럼 매섭게 돌아가는 소혼의 몸뚱어리에 맞춰 분천도가 공간을 갈랐다.

벽천화, 분천육도의 재림이었다.

퍼!

분천도는 단숨에 만독자의 최후 절초를 분쇄하고 지나가 그의 이마에 닿아 있었다.

주르륵!

이마 정중앙에 새겨진 홍점(紅點)에서 핏물과 뇌수가 흘러내리기 시작했다.

붉은빛으로 달아오르고 있던 만독자의 눈동자도 다시 본래의 색깔로 돌아갔다.

혈백의 발현이 깨진 것이다.

"나는… 나는 절연오천의 독천이란 말이다! 이대로 죽을 수 없어!!"

"독천이라… 그렇다면 세속에 더 이상 미련을 남길 필요가 없겠구려."

"크아악! 이노오옴!!"

"잘 가시오."

소혼의 짤막한 대답과 함께 만독자의 얼굴 위로 수십 개의 금이 그어졌다.

쩌거걱!

그 소리와 함께 만독자의 머리는 수십 개의 조각으로 분리되어 터져 나갔다.

신강에서부터 시작된 소혼과 만독자 간의 악연의 고리가 드디어 종지부를 찍는 소리였다.

그리고 소혼이 제천궁을 향해 본격적으로 칼날을 겨누게 되었다는 시발탄이기도 했다.

"후우……."

소혼은 머리조차 온전히 남기지 못한 만독자의 시체 앞에서 길게 숨을 내쉬었다.

만독자와의 생사결 때에 남은 흥분이 좀처럼 가시지 않는 까닭이었다.

'이번 싸움, 자칫 위험할 뻔했다.'

정말이지 칼을 휘두르는 한 번 한 번이 자칫 생사의 기로로 들어설 수 있는 위험으로 가득 찬 순간순간인 탓이었다.

무인이 칼을 휘두르는 매 순간이 늘 위험하다고 하지만 만독자와의 싸움은 단순히 그렇게 표현할 수 있는 정도를 벗어났다.

만독자라는 사람 자체가 이 갑자를 훨씬 상회하는 세월을 살 만큼 고강한 무위를 가지고 있기도 하지만, 혈백은 본 능력의 이상을 발휘하게 만드는 공능을 가지고 있지 않던가.

혈백을 사용한 만독자는 구양 능윤해 때보다 훨씬 상대하기가 힘들었다.

어쩌면 만독자가 구양 능윤해처럼 혈백을 대성했더라면 지금 바닥에 누워 있는 자는 만독자가 아닌 소혼이었을지도 모르는 일이었다.

하지만 최종 승리자는 소혼이었다.

그것은 그만큼 실력이 증취했다는 뜻이기도 하지만, 또 한편으로는 백수십 년을 살아온 노강호도 꺾을 만큼 소혼의 무공에 대한 이해도도 대단하다는 뜻이기도 했다.

'절혼령의 능력은 그 깊이를 확인할 수가 없을 만큼 깊구나…… 과연 내 평생을 다해 그 끝을 확인할 수가 있을까?

소혼은 짧은 생각을 뒤로하고 숨을 크게 들이쉬어 좀처럼 가시지 않는 흥분을 가라앉혔다.

심신이 어느 정도 평온을 되찾았다 싶자 소혼은 팽무천과 검각의 제자들이 피신해 있는 곳으로 발걸음을 옮겼다.

저벅저벅, 소혼이 이곳으로 오면 올수록 검후를 비롯한 검각 문도들은 모두들 잔뜩 경계를 하면서도 입신경에 오른 강자에 대한 진한 호승심을 드러내고 있었다.

비록 모두가 여문도들로 이루어져 있고, 불도를 닦고 있다 하더라도 저들 역시 무인이라는 뜻이었다.

하지만 소혼은 피부로 느껴질 만큼 진한 그들의 호승심을 뒤로하고 팽무천에게, 정확히는 그가 제압한 자에게로 다가갔다.

"크어어어어……!"

사내, 유현은 양팔과 단전을 잃었다는 충격에 정신을 차리지 못하고 있었다.

"어떻게 된 일이오?"

소혼이 짤막한 물음에 팽무천이 몸을 움찔거렸다.

여태껏 소혼의 말투가 늘 무겁기는 했으나 격식을 갖추었다면, 지금은 한없이 차가운 탓이었다.

"손을 쓰다 보니 나도 모르게……."

"생각하던 것보다 더 크게 손을 쓰게 되었다는 뜻이오?"

"자네와 어떤 원한이 있는지 모르지만, 나 역시 마인에게는 남들 못지않은 꽤나 짙은 원한을 가지고 있으니까."

팽무천의 말은 어찌 보면 핑계처럼 느껴질 수도 있었지만, 소혼은 그것에 대해 더 이상 크게 신경 쓰지 않는 눈빛이었다.

맨 처음에는 자신이 잡아야 할 원수가 이리도 쉽게 폐인이 되었다는 것이 심중에 화를 낳았지만, 지금은 오히려 물로 한 번 씻어낸 것처럼 머리가 깨끗했던 것이다.

소혼은 유현의 머리카락을 움켜쥐며 위로 들어 올렸다.

"끄어어어……!"

더 이상 정신을 차리기 힘든 듯, 입가에 게거품까지 문 녀석의 모습은 정말이지 추악하기 그지없었다.

소혼의 입가 위로 냉소가 스쳐 지나갔다.

"그렇게 미친 척하면 내가 살려줄 줄 아나? 꿈 깨는 게 좋을 것이다."

소혼은 분천도의 차가운 칼날을 유현의 목 부근에 바짝 붙였다. 조금이라도 잘못 움직이면 칼날이 그대로 목을 베고 지나갈 만큼 가까웠다.

"소협! 칼을 한 번 휘두르기 전에 한 가지 물어봐도 되겠나?"

소혼을 부른 것은 바로 검후였다.

그녀는 보법에 경공을 담아 어느새 소혼의 옆에 당도했다.

"무엇을 말이오?"

"손을 쓰기 전에 먼저 한 가지 묻고 싶은 것이 있네. 자네… 그자가 누구인지 알고 그런 행동을 하는 것인가?"

소혼은 무심한 목소리로 답했다.

"마교의 환도맥주가 아니오?"

"화, 환도맥주!"

환도맥주라는 말에 가장 먼저 반응을 한 것은 검각의 문도들이 아닌 팽무천과 팽시영이었다.

팽무천은 약간 차가워진 눈빛으로 검후를 보았다.

"할망구, 설마 마교의 놈들과 작당한 것은 아니겠지?"

"검각은 정사지간의 문파. 마교와 어떤 거래를 하더라도 정파 쪽에서 관련할 필요는 없지 않나?"

"그렇다고 하나 검각 역시 불가를 숭상하는 문파. 마신을 숭배하는 이들과 어찌……."

검후는 쓸쓸한 미소를 입가에 달았다.

"무 랑, 당신이 아무리 그렇게 말해도 나는 검각의 각주예요. 그 일에 대해서 타 문파 사람에게 미주알고주알 다 말해 줄 필요는 없다고 생각해요."

"……."

팽무천이 이곳 검각에 들어오고 나서 처음으로 들은 검후의 존대. 그것은 곧 젊은 홍안 시절을 추억시키는 향수이면서도, 또한 세월이 이만큼이나 흘렀음을 은연중에 내비치는 검후의 속마음이기도 했다.

팽무천이 더 이상 이 일에 대해 관여를 할 생각이 없는 듯 하자 검후는 다시 소혼에게로 시선을 돌렸다.

"그자에 대한 정체를 안다면… 그자를 죽이고 난 이후에 어떤 일이 발생할 수 있을지에 대해서도 잘 알고 있겠지?"

환도맥은 정파인들이 마교라 부르는 천마신교를 지탱하는 다섯 마맥 중 하나. 그곳의 주인이 중원에서 피살을 당하는 것은 곧,

"그 지긋지긋한 전쟁이 다시 일어날지도 모른다는 소리가 아니오?"

"그렇다네. 그리고 그 전쟁에는 우리 검각도 관여할 수밖에 없게 되겠지."

아마 다시 정마대전이 발발하게 된다면 마교가 가장 먼저 쓸어버리고자 하는 곳은 검각의 이 주산군도가 아닐까.

"그자와 어떤 악연이 있는지는 몰라도 손속을 멈추게나. 자칫 그대의 원한으로 인해 강호가 다시 혈하에 잠길 수 있음 이야."

어찌 보면 정말이지 다시 피바다에 잠길 강호와 중생들을 위한다고도 볼 수 있는 말이었다.

하지만,

"정말이지… 조금은 다를 것이라 생각한 그대들도 위선자 로군."

"지금 무어라 했는가……?"

"그대들 역시 위선자라고 하였소."

소혼의 입꼬리가 비틀렸다. 냉소. 보는 이로 하여금 간담을 서늘케 할 만큼 차가운 미소였다.

검후는 생각지도 못한 말을 듣게 된 것에 그 자리에서 그대로 석상처럼 굳어지고 말았다.

"강호가 다시 혈하에 잠길 수 있다? 그래서 손속에 정을 두라? 만약 그대들이 이 녀석과 원한을 맺었다면 강호를 위한다는 명분으로 녀석을 용서할 수 있겠소? 아마 강호야 정마대전으로 쓰러지든 말든 당신들 원한부터 갚기에 바빴을 것이오. 아니 그렇소?"

불도를 숭상하면서도 살계에만큼은 커다란 금계를 걸지 않기로 유명한 검각이 아닌가.

소혼의 말이 계속되면 될수록 검후의 얼굴은 푸르게 변하기 시작했다.

"설혹 그대들이 그런 마음을 가질 수 있다 하더라도 강호의 안위에 신경을 쓴다는 것은 어불성설이오. 지난 삼십 년간 동해의 섬에 콕 틀어박혀 단 한 번도 모습을 드러내지 않았던 이들이 바로 그대들이지 않소? 정사지간이니 세속의 일에 관여를 할 수 없다는 말 따위는 집어치우시오. 이 녀석이 검각에 있다는 것만으로도 그대들은 이미 충분히 그 규율을 깨뜨린 셈이니."

"……."

"검각이 피바람에 휩쓸릴 것이 무서워 그러는 것이라면 나 역시 대답해 주겠소. 그대들이 삼십 년 동안 강호의 일을 몰라라 했듯이 나 역시 그대들의 사정 따윈 내 알 바가 아니오."

검후가 아무런 말도 잇지 못하자 정작 화가 치민 것은 그녀를 제외한 검각의 제자들이었다.

개중에는 소혼 일행을 각주전까지 데려오고 검후에게서 용서의 인사까지 들었던 이하영도 있었다.

"감히 각주께 그런 무례한 언사라니……!"

"당장 그 말을 취소하지 않는다면 용서치 않을 것입니다!"

이하영의 서슬 퍼런 엄포에도 불구하고 소혼은 별 개의치 않는 모습이었다.

아니, 도리어 그들이 내뿜는 살기에 대항해 안으로 갈무리해 두었던 기세를 공중에 흩뿌려 놓기까지 했다.

평상시라면 모르되, 만독자와 한 번 손속을 겨루고 난 지금의 살기는 마치 살 벼린 칼날처럼 날카로웠다.

그 때문인지 제자들 중 몇몇이 기혈이 역류해 제자리에 쓰러져 피를 토하기 시작했다.

그것은 이하영도 크게 다르지 않았다. 다만, 그녀는 절대 어머니 같은 검후를 다그친 소혼에게 꿇릴 수 없다는 일념 하나로 버티고 있었다.

"강호에서 칼을 빼어 든다는 것은 곧 언제 목이 달아나도 할 말이 없다는 것임을 잘 알고 있을 것이다."

소혼은 분천도의 끝을 가장 진한 살기를 내뿜고 있는 이하영에게로 겨누었다.

"커헉!"

결국 심마를 이겨내지 못한 이하영은 피를 토하며 그 자리에서 그대로 쓰러지고 말았다. 검을 지팡이 삼아 자세를 지탱하고 있는 것이 용하게 느껴질 정도였다.

"소혼! 저들도 그대의 말을 잘 알아들었을 테니 이제 그만하게나."

팽무천이 이를 보다 못해 나섰다.

"어르신, 나는 섬서에서 한 번 나를 구해준 어르신께 감사의 마음을 가지고 있소. 하지만 그 이유를 들어 내가 하고자 하는 일을 재단하려 들면 어르신 역시 적으로 간주할 수밖에 없소."

팽무천은 소혼이 적으로 간주된 이를 어찌하는지를 누구보다 잘 알고 있었다. 그 역시 소혼과는 척을 지고 싶은 마음 따윈 없었다. 하지만 또한 주산군도에 천년 검각의 피를 흘리게 할 생각 또한 없었다.

"자네의 일을 평가하려 드는 것이 아니네. 이 정도면 저들 역시 그대의 말을 알아들었을 터이니 이제 그만하는 것이 어떻겠나 묻는 것일세."

장난기 많은 평상시의 모습은 온데간데없이 팽무천의 목소리는 진중하기 그지없었다. 또한 그 진중한 목소리에서 흘러나오는 위엄은 그의 본심을 잘 드러내고 있었다.

'역시 팽가의 호랑이라는 것인가……'

소혼은 결국 분천도를 도갑 안으로 밀어 넣었다.

그러자 보타산을 휘감고 있던 진한 살기 역시 언제 그랬냐는 듯이 깨끗하게 소멸했다.

"헉, 헉."

검각 문도들은 일제히 자리에 쓰러져 거칠게 숨을 몰아쉬었다.

강호에 커다란 피바람을 일으킨 백염도의 위용을 이제야 어렴풋이 깨달을 수 있었다.

"어르신이 아니었다면 오늘 보타산에는 피바람이 불었을 것이오."

오만하기 그지없는 말이지만 아무도 우습게 여길 수가 없는 말이기도 했다.

소혼은 더 이상 아무도 자신의 일에 제지를 하지 않자 유현에게 다가갔다.

땅 위에 꼿꼿이 선 상태 그대로 놈에게 손을 겨누었다. 그러자 마치 유현의 몸이 귀신 들린 것처럼 조금씩 위로 올라오기 시작했다.

두둥실 떠오른 유현의 목이 곧 소혼의 손아귀에 잡혔다.

"저 정도의 허공섭물이라니. 허!"

팽무천은 기가 차다는 표정이었다. 그 역시 입신에 오른 사람이니 허공섭물쯤은 가볍게 할 수 있다지만 사람 하나를 들 정도로 공력이 넘치지는 않는 까닭이었다.

'소혼, 대체 너라는 사람은 어떤 녀석이란 말이냐!'

우득!

"컥!"

목이 움켜쥐어진 유현은 숨이 막혔는지 신음 소리를 흘렸다.

소혼은 녀석에게 차갑게 일갈을 내뱉었다.

"채홍련과 진성, 녀석들이 어디에 있는지 답해라."

          *   *   *

신강(新疆), 천산 마령당(魔靈堂).

아래로 타클라마칸 사막을 지날 정도로 기다란 산맥 중심에는 예부터 몇몇 무인들이 '하늘의 산' 이라고 부르는 산이 하나 있다.

그 산은 산세가 험준하기가 그지없어 산맥을 주요 터전으로 삼는 사람들도 함부로 다가가지 않는 곳이기도 했다.

하지만 그곳에 아무도 살지 않는 것은 아니다.

오히려 꽤나 많은 숫자의 사람들이 살고 있었다.

사람들이 흔히 이른바 마인(魔人)이라 부르는 이들.

천마를 시조이자 하나의 신앙으로 받드는 광신교도들이 터를 닦고 있는 곳이다.

천마신교. 달리는 마교라 불리는 곳이 바로 천산에 숨어 있다.

하지만 사람들은 천산에 마교가 숨어 있다는 것을 알면서도 정말 마교가 그곳에 있는지는 아무도 알지 못했다.

천산의 산세가 너무나 험준하고 봉우리 사이사이에 깎아 내지른 듯한 병풍 같은 골짜기와 계곡들이 많은 탓도 있지만, 마인들 대부분이 밖으로 모습을 드러내기를 달가워하지 않는 성향이 강한 탓이었다.

하지만 그들은 극패를 추구하기에 밖으로 나서길 싫어하면서도 항시 강호 위에 군림하고자 하는 모순을 가지고 있었다.

그리고 그 모순은 마교 내에도 암투라는 것이 벌어지게끔 만들어놓았다.

화르르륵!

화마가 치솟는다. 검은 연기가 하늘을 빼곡하게 메우며 흑빛으로 물들이고 있었다.

개중에 몇몇 전각들은 아예 더 이상 탈 것조차 남아 있지 않아 검은 재로 변한 지 오래인 것도 많았다.

암투. 마인들의 성정과는 맞지 않을 듯한 그 눈에 보이지 않는 싸움이 밖으로 표출되었을 때에 벌어진 상황이었다.

정마대전이 삼십 년 넘게 진행되면서도 단 한 번 적에게 본터를 내준 적이 없던 마교이건만……

천년불패의 전설은 이미 옛것이 되는 듯했다.

수많은 마인들의 시선이 한곳에 향해 있었다.

삥 둘러서 저마다의 병장기를 꺼내 들며 살기와 마기를 동시에 흩뿌리는 이들. 대부분 가슴에 반(反)이라는 글자가 새겨진 것으로 보아 오대마맥 중 하나인 반세맥의 마인들인 듯했다.

살기를 내뿜는 반세맥 마인들이 손에 쥔 것은 화승총같이 생긴 일종의 기(機)였는데, 한때 이화마군이라 불리던 자가 만든 마화열폭(魔火熱爆)이라는 병기였다.

장치를 누르게 되면 반경 삼 장 안에 있는 것들을 모두 소멸시켜 버린다는 마병이다. 그런 마병이 삼백 개나 되는 숫자가 한곳을 겨누는 장면은 전율스럽기까지 했다.

"당장 그분에게서 손 떼지 못하겠느냐!"

반천단 단주 이릉이 살기를 모락모락 피워내며 일갈을 내질렀다.

마교 내에 벌어진 암투에서 진성을 따르던 주요 인물들이 대부분 전 소교주의 암수에 사라짐에 따라 이릉은 자신의 주군인 반세맥주 혁리빈현과 함께 남은 역도 잔당들을 토벌하고 있었다.

그 와중에 동야마를 비롯한 역도들을 처단하고 돌아서려는 순간이었는데… 마령당에서의 일을 끝낸 줄 알고 마음을 놓았던 것이 천추의 한이 되고 말았다.

"그전에 너희들의 그 열폭부터 내려놓아야 하지 않을까? 너희들의 주인을 살리고 싶으면 말이야."

이릉과 반천단이 노려보고 있는 자는 한때 마교백대고수 중 끝을 차지하던 요한이라는 자였다.

그는 평상시에 본래의 힘을 숨기고 있었는지, 신주삼십이객과 비교해도 뒤지지 않는 혁리빈현의 눈을 속일 만큼 실력을 지닌 강자였다.

거기에 혁리빈현을 제압해 그 명줄까지 쥐고 있는 이 상황에서 수하인 그들이 함부로 나설 수 없었다.

"왜 그러나? 한번 쏴보지그래?"

"닥쳐라! 네놈이 그렇게 당당할 수 있는 것도 얼마 가지 못할 것이다! 지금이라도 당장 맥주를 놓아드리고 항복하는 것이 신상에 좋을 터!"

"그럼 지금이라도 쏴봐. 나는 계속 여기에 있어 줄 테니까 말이지."

요한의 손아귀에는 혁리빈현의 목이 잡혀 있다.

단단한 손목의 힘 때문에 혁리빈현은 그 악력에서 빠져나오려 해도 절대 헤어 나올 수가 없었다. 그저 꽁꽁 묶인 채로 인형처럼 있어야 할 뿐이었다.

자칫 실수로라도 손가락을 비틀면 당장에 혁리빈현의 목 뼈가 어긋날 수 있는 상황. 마교의 교주인 대마종의 아들의 생명줄을 손에 쥐고 있으면서도 요한은 걱정은커녕 되레 이 상황을 즐기는 것 같았다.

이룡은 반천단에게 마화열폭을 거두라는 명도, 열폭을 터 뜨리라는 말도 하지 못한 채 숨을 죽이고서 요한의 동태를 지 켜봐야 했다.

"으득! 너… 는 진성이 숨겨놓은… 첩… 자인가?"

그때에 혁리빈현은 대롱대롱 요한의 손에 목이 잡힌 채로 힘겹게 입을 열었다.

금방이라도 폐로 들어가는 공기의 맥이 끊어질 것 같았지 만 그의 얼굴 표정은 당당했다.

요한은 사안(蛇眼)을 번뜩이며 입꼬리를 살짝 비틀었다.

"개나 소나 전부 내가 진성의 첩자냐고 묻는군. 왜? 내가 놈의 첩자질이나 할 만큼 그런 한심한 놈으로 보이나?"

동야마가 물었던 것이 생각이 났는지 요한의 대답에는 살 기가 살짝 담겨 있었다.

"그럼… 너는 진… 성과 한패가 아니라는 것인… 가?"

"왜? 한패가 아니라면 네 생명줄이 조금이나마 길어질 것 같아서?"

"아니……."

숨이 막혀 힘겨워하면서도 혁리빈현이 내뱉는 말 한마디

한마디에는 힘이 실려 있었다.

"그래야… 너의 목숨… 이 더 길게… 연명될 수 있을 테니까."

"후후, 내 목숨이라……."

혁리빈현은 왼손으로 자신의 턱을 쓰다듬었다.

"내 목숨을 걱정해 주기 전에 네 목숨부터 생각하는 것이 어떨까? 지금이라도 살짝 손에 힘을 주기만 해도 너는 죽는다고. 네 사형과 아버지의 꿈을 이루기도 전에 말이지."

요한의 협박에도 굴하지 않고 혁리빈현 역시 협박으로 응수했다.

"내가 죽는 순간이… 이 세… 상에서 네가 마지막으로 서 있을 수 있는 때일 것… 이다."

"호오? 자신만만한걸? 정말 이대로 해볼까? 네가 죽고 나서 내가 바로 죽는지 안 죽는지? 나는 네가 저세상으로 가는 길에 너를 믿고 따르던 저 어리석은 놈들도 같이 간다에 내 전 재산을 걸지."

"……."

여태껏 당당하던 혁리빈현이지만 지금 이 순간만큼은 아무런 대답도 할 수 없었다.

그의 머릿속으로 요한이 짤막하게나마 보였던 신위가 스쳐 지나갔기 때문이다.

반천단의 고수들이 있는 상황에서도 아무렇지 않게 몸을

던져 초절정고수인 자신을 아무렇지 않게 제압할 정도의 실력을 갖춘 녀석이다. 제아무리 기습이었다고 하나 그만큼 무위가 따라주지 않는다면 절대 불가능한 것이다.

"나에게 협박하려 들지 마라. 나는 세상에서 내 배알이 꼴리는 걸 제일 참지 못하거든. 그때는 사공자의 지위고 뭐고 다 때려치우고 너희들 다 죽이고 도망치는 수가 있어."

"사… 공자의 지위……? 너는… 역시나 회의 사람인가……? 진성과 같은……?"

요한의 눈동자가 둥근 곡선을 그렸다.

놀랐다기보다는 재미있다는 표정이었다.

"우리에 대해서 잘 아는가 보군."

"진성이… 일공자라는 것 정도는 안다……."

요한은 큭, 웃음을 터뜨리고 말았다.

"이거 뭐야? 정보가 줄줄이 새고 있었잖아? 강호 어디에서도 이름을 들쳐 내지 않으면서도 강호 어느 곳에나 있기에 스스로가 천지(天地)라고 했던 인간들이. 아무튼 뭐 하나 제대로 하는 것이 없어."

요한은 혀를 쯧쯧 하고 찼다.

그와 진성이 속해 있는 회는 지난 백 년 세월 동안 강호의 암중에 숨은 채 강호의 모든 대소사를 관리했던 곳이다.

백이십 년 전에 있었던 팔황새의 천중전란도, 칠십 년 전에 있었다는 건패의 독보천하도, 심지어 삼십 년 넘게 진행된 정마대전도 그들의 손이 닿아 있었다.

그러면서도 회의 이름이 만천하에 노출된 적은 없었다.

딱 한 번, 건패가 회의 목적과 본단의 위치를 알고 혈겁을 일으켰을 때를 제외하곤 말이다.

그만큼 철두철미한 회이건만, 뜻하지 않는 곳으로 이리 정보가 새나갈 줄은 몰랐다. 진성이 일공자라는 사실을 알 정도라면 혁리빈현이 어느 정도 회에 대한 뒷조사를 마쳤다고 해도 과언이 아니었다.

"그래, 그래서 네가 또 알고 있는 우리 회의 비밀은 뭐가 있지?"

"너희… 회주 밑… 에 진성과 너와 같은 다섯 명의 아이들이 있으며… 이미 강호의 육 할이 너희 수… 중에 있다는 것… 크윽!"

요한은 혁리빈현의 목을 더 세게 쥐고서 안쪽으로 끌어당겼다. 그는 혁리빈현의 귓가로 얼굴을 바짝 붙였다. 멀리서 보기엔 마치 다정하게 귓속말을 하는 것처럼 보였다.

"당장 주군에게서 떨어지지 못하겠느냐!"

결국 상황을 지켜보다 못한 이릉이 다시 살기를 드러내고 말았다.

처처처처척!

그에 따라 반천단의 단원들 모두가 요한에게로 마화열폭을 겨누었다. 명령이 떨어지면 당장에라도 시위를 당길 태세였다.

하지만 요한은 이릉의 으름장에도 아랑곳하지 않고 더욱 혁리빈현의 귓가에 얼굴을 바짝 붙였다.

"이봐, 죽기 전에 재밌는 사실을 하나 가르쳐 줄까?"

혁리빈현은 숨이 막혀 아무 대답도 하지 못했다.

요한이 계속 말을 이었다.

"네가 말했다시피 일공자는 진성이고, 나는 사공자로서 진성이 하지 못한 일들을 처리하기 위해 와 있었어. 너희 마교는 제법 큰 편이잖아? 그런데 우리 저력은 그것만이 아니야. 네가 알아챈 것처럼 중원의 육 할을 차지하고 있는 제천궁의 궁주가 바로 본 회의 오공자야. 어때? 재밌지 않아?"

"……!"

"맞아. 제천궁을 치기 위한 명분을 만들기 위해 직접 발 벗고 나선 오대마맥의 맥주들께서 사실은 본 회가 만든 무대 위를 뛰어다니고 있으시다는 거지. 그리고 사실 진성이 사라지고 나서 이런 일이 벌어질 것은 예상하고 있었어. 그걸 파악하기 위해 내가 있었던 것이고. 뭐, 너희들의 전 소교주가 암연동에서 나와서 깽판을 치고 갈 줄은 몰랐지만. 그래도 그 덕분에 우리가 암중에 너희들을 장악하기가 더욱 용이해졌단 말이지."

"……"

"네가 진성이 없는 동안 산중의 여우 행세를 한 것을 묵인해 준 것은 우리가 포섭한 인물들 중 쓸모없는 놈들을 쳐내기 위해서인 것. 그런 내가 이렇게 직접적으로 나선 것은 이제 유희를 그만두겠다는 뜻이지."

요한이 적선하듯이 말해준 것들은 모두 혁리빈현에게 있어서 충격적인 일들이었다.

강호가 이미 암중에 저들에 의해 조종을 당하고 있는 것은 알고 있었지만 제천궁이 그와 관련되어 있는 줄은 꿈에도 알지 못했다.

더군다나 사형인 소혼의 등장으로 말미암아 다시 꿈꿀 수 있었던 아버지 대마종의 꿈을 실현할 수 있다는 의지가 사실은 저들이 꾸며놓은 각본의 일부에 지나지 않았다는 것은 정신을 공황 상태에까지 몰고 갔다.

하지만 멍했던 정신도 잠시.

요한이 이 이상 혁리빈현, 반천단 등과 노는 것이 지루했던지 모든 것을 끝낼 심산인 듯, 손에 힘을 실었다.

우득!

목뼈가 뒤틀리는 소리가 들렸다.

"주군!!"

그 소리를 이릉이 듣지 못할 리 없었다. 혹여나 혁리빈현에게 무슨 일이나 생길까 자그마한 풀벌레 소리마저 귀에 담고 적의 동태를 지켜보던 그였다.

도합 삼백 개의 마화열폭이 당장에라도 불을 뿜을 태세를 선보일 순간이었다.

"이만 끝내볼… 음?"

그때 요한은 혁리빈현의 입가에 미소가 달려 있다는 것을 눈치챘다. 죽음을 임박한 이 순간에 갑자기 정신병자처럼 왜 웃기 시작한단 말인가?

"막상 죽음을 앞에 두니까 신기한가?"

요한의 물음에 혁리빈현은 미소로 화답했다.

"아니… 그 비… 밀들을 가르쳐 준 네가 너무… 고마워서……. 회의 사람들 중에… 이토록 고마… 운 사람은 네가 처음… 이다."

"그야 죽기 전에 모든 것이나 알고 가라고 한 소리……. 설마?!"

여태껏 항상 평정심을 잃지 않던 요한이 깜짝 놀라 고개를 위로 젖혔다.

그 순간이었다.

푸드득!

매 한 마리가 날갯짓을 하는 소리와 함께 저 멀리 창공을 활주하기 시작했다. 녀석의 다리에는 전서를 담은 통이 끈과 함께 묶여 있었다.

"제기랄!"

마교에는 무공뿐만 아니라 다양한 술수도 존재한다.

그중에는 전의서(傳意書)라고 해서 자신의 머릿속에 담긴 내용을 글로 표현하는 신기한 전서가 하나 있다.

하지만 이 전의서를 쓰기 위해서는 의기상형의 경지, 심검의 이치를 살짝 엿보아야만 가능하기 때문에 마교 내에서도 이를 실현할 수 있는 이는 다섯이 채 되지 않았다.

그 때문에 요한은 혁리빈현이 그 정도까지의 경지에 다다랐을 줄도 모르고 말을 했던 것인데… 일이 이렇게 돌아갈 줄이야!

전서를 담은 저 매가 강호로 넘어간다면… 그래서 그것에 대한 내용이 강호에 퍼진다면 그동안 흑막에 가려져 있던 회의 비밀 중 일부가 강호에 퍼지게 될지도 몰랐다.

"이놈이!!"

우드득!

요한은 혁리빈현의 목을 완전히 비틀어 버린 다음에 전서응을 잡기 위해 땅을 강하게 박찼다.

퉁!

혁리빈현의 몸뚱어리가 쓰레기처럼 아무렇게나 내팽개쳐졌다.

그 순간 이룽이 경악을 내질렀다.

"주구우우운!"

타다다다당!

주군을 죽인 범인을 척살하기 위해 반천단은 일제히 요한에게로 마화열폭을 터뜨렸다. 총 내에 화약이 얼마나 남았는

가는 신경 쓰지 않았다. 화약이 다 떨어질 때까지! 녀석이 죽을 때까지! 마화열폭은 절대 멈추지 않을 터였다.

꿈을 잃어버린 그들로 하여금 다시 꿈을 심어준 주군이다. 다시 한 번 마도천하의 기세를 드러내 보자며 소리쳤던 주군이었다.

그런 주군이었던 혁리빈현의 죽음은 그들로 하여금 이성을 잃게 만드는 데 충분했다.

퍼퍼퍼퍼펑!

요한은 마화열폭이 만들어내는 그 수많은 폭발 속에서도 허공답보를 계속 전전해 전서응을 향해 달려들었다.

하지만 전의서와 같은 귀중한 전서를 가진 매가 보통 동물일 리 없는 법이었다. 청색 빛깔이 멋진 영물 해동청은 자신을 노리고 달려드는 요한을 피해 더욱 높이 비상했다.

푸드드득!

결국 요한은 전서응을 잡지 못하고 돌아서야만 했다.

쿵!

땅에 착지한 요한의 눈동자는 붉게 달아올라 있었다. 사령마안공의 사안이 분노로 인해 극성에 다다랐다는 증거였다.

"이놈들… 죽.이.겠.다!"

쿠르르르르!

요한의 등 뒤로 검붉은 빛을 자랑하는 기운이 스멀스멀 흘러나오기 시작했다.

사기(邪氣)와 마기(魔氣)가 공존하는 혈백의 기운이었다.

백회에까지 치민 분노가 잠자고 있던 혈백을 깨운 것이다.

그때까지만 해도 한가닥의 숨줄기가 남아 있던 혁리빈현은 차츰 무거워지는 눈꺼풀 사이로 사형이 사라진 동쪽의 풍경을 두 눈에 담았다.

'사형… 뒤를 부탁합니다.'

그리고 동시에 검붉은 기운이 천산 전역을 뒤덮는 순간, 하늘 위로 핏빛 무지개가 떴다.

쿠쿠쿠쿵!

거친 폭발과 함께 거대한 열풍이 산을 휘감았다.

그리고 그날, 천산의 봉우리 위로 백색 불길이 하늘을 태울 것처럼 치솟았다가 사그라졌다.

바로 지난 한 달 전에 마교 본산 천산에서 있었던 사건이었다.

第三章

마교암운

神刀無雙
신도무쌍

툭, 툭.

자리에 앉은 채 책상을 손가락으로 두들기던 요한은 심드
렁한 표정으로 시비에게 말했다.

"이것이 용정(龍井)이라고?"

"네? 네… 그, 그렇습니다……."

"용정이라……."

몇 번이고 되묻는 말. 거의 반 시진에 가깝게 요한은 자신
의 앞에 놓인 찻잔을 보며 같은 질문을 던졌다.

처음 내왔을 때 따스했던 차는 이미 식어 제맛도 잃었을 터
였다. 하지만 요한은 처음에 한 번 홀짝였을 뿐, 그 뒤로는 단

한 번도 입을 대지 않았다.

이 때문에 죽을 것 같은 것은 다름 아닌 시비였다.

과연 현 마교 내에서 요한의 무서움을 모르는 사람이 어디 있을까.

자신을 죽이려 한다는 이유를 들어 떠오르는 실세이자 교주의 친아들인 혁리빈현의 목을 꺾어버리고 그를 호위하던 반세맥의 정예병 반천단을 송두리째 태워 버린 자.

그는 그것으로도 모자라 곧바로 집법전으로 쳐들어가 진성을 버리고 새로이 혁리빈현에게 지지를 보내던 장로들의 목 역시 날려 버렸다.

갑작스런 그의 행패에 여타 다른 마인들이 제동을 걸기 위해 나서려 했지만, 그의 지난바 무위가 너무나 뛰어나 아무도 그를 제압할 수 없었다.

혁리빈현과 반천단을 일수에 쳐내고 장로들의 합격진마저 파훼해 내던 요한의 신위(神威)는 절대위의 그것이라 해도 부족하지 않았다.

더군다나 하급 마인들 사이에서 그가 사실 진성이 숨겨놓은 실력자라는 사실이 퍼지자, 전황은 요한을 중심으로 돌아갈 수밖에 없었다.

그 때문에 그가 오만방자하게 교주만이 앉을 수 있다는 태좌(太座)에 앉아 거만하게 굴어도 아무도 말을 할 수 없었다.

전 소교주의 혈겁과 혁리빈현의 숙청, 그리고 요한의 등장으로 말미암아 마교가 수많은 고수들을 잃어버린 탓도 있었다.

그런 요한이니 일개 시비로서는 무서울 수밖에 없었다.

반 시진이 가깝게 같은 말만 되묻는 그.

혹여나 용정차를 잘못 끓였나 싶었지만 시비는 이십 년 동안 교주와 소교주 옆에서 차만을 끓여왔던 전문 시비였다. 아무리 생각해 보아도 자신이 잘못한 것은 없는 것 같았다.

"내 입맛이 변한 것인가?"

요한은 책상을 검지로 툭, 툭, 치면서 작게 중얼거렸다.

시비가 벌벌 떨고 있든 말든 그로서는 상관할 바가 아니었다. 정작 요한이 고민을 하는 점은 용정차를 잘못 끓였느니 따위가 아니었으니.

"분명 이 맛이 아닌데…… 이봐, 화라고 했던가? 이게 정말 절강에서 공수해 온 것이란 말이지?"

"중원에 나가 있는 본 교 상단을 통해 직접 구한 것이니 틀림없습니다……."

"그럼… 역시 내 입맛이 달라진 건가. 후훗, 옛날 회상에 잠기려는 것도 쉬운 일은 아니군. 물려라."

요한이 찻잔을 밖으로 내밀자 시비는 재빨리 그것을 받고는 고개를 숙이고 후다닥 밖으로 나가 버렸다.

조금이라도 빨리 방을 벗어나고픈 마음에서 한 행동일 터였지만 분명 예의는 아닌 것이 분명했다. 하지만 요한은 일개 시비의 행동을 마음에 담지 않았다.

용정차를 입에 댄 이후 줄곧 같은 생각과 고민이 머리를 휘감고 있는 탓이었다.

"쿠쿡, 시비를 너무 놀려먹는 거 아니야?"

요한밖에 없는 집무실 안으로 장난기 가득한 웃음소리가 들렸다. 동시에 요한의 옆쪽 공간이 일그러지면서 정체를 알 수 없는 괴인 한 명을 토해냈다.

전신이 쫙 달라붙는 흑의를 입은 사내였다. 전형적인 살수의 복장이었지만, 입가에 맺힌 장난기 어린 미소가 악동 같은 면모를 낳았다.

요한은 옆을 돌아보지도 않고 그에게 살짝 짜증이 담긴 투로 말했다.

"불쑥불쑥 나타나지 말라고 했을 텐데?"

사내는 여전히 입가에 맺힌 미소를 지우지 않았다.

"왜? 재밌잖아."

"너는 재밌을지 몰라도 당하는 당사자는 재미없다. 니도 혼자 있는데 갑자기 누가 뒤에서 불쑥 튀어나오면 기분 좋을 것 같으냐?"

"너 정도의 실력으로 놀랄 일도 없고. 정말 내가 보기 싫다면 집무실 전체에 기막을 두르면 될 일이잖아. 안 그래?"

한마디도 지지 않고 꼬박꼬박 말대꾸하는 사내를 보며 결국 요한은 피식 웃음을 터뜨렸다.

"역시 말로는 천하의 구화자(口話子)를 이기지 못하겠군그래."

강호 호사가들이 들었다면 깜짝 놀랄 일이었다. 구화자라는 단어 때문이었다.

천지가 생겨나고 인간이 사회를 이룰 때부터 강호가 존재했다고 할 정도로 강호는 오랜 역사를 자랑한다. 그런 만큼 강호에는 수많은 전설이 살아 숨 쉰다.

그중 대표적인 것이 신화로도 자주 취급받는 천마의 이야기다.

하지만 역사가 길기 때문에 허황되거나 없지도 않은 일이 진실처럼 치부되는 일도 적지 않았다. 그 때문에 '강호의 소문은 절대 믿을 것이 못 된다' 라는 말이 나오게 된 것이다.

그런데 얼마 전부터 한 가지 소문이 돌기 시작했다.

전국 방방 곳곳을 누비며 강호의 역사를 재정립하고 책으로 기술하는 자가 있다는 소문이었다.

특히나 그는 원나라 말기에 강호 통치를 목적으로 세워졌던 천룡성(天龍城)의 붕괴 때부터의 역사를 집중적으로 다루어 사실적으로 기술한다고 한다.

그렇게 완성되어 가고 있는 강호열사(江湖烈史)에는 각 주요 문파의 연원과 쉬쉬하고 있는 비사, 더불어 강호 서열까지 매기고 있다 하니, 얼마나 대단하다 하지 않을 수 있을까.

이 때문에 오대세가뿐만 아니라 구파에서까지 사람들을 풀어 이 기인을 포섭하기 위해 발 벗고 나섰지만, 정작 이 소문의 주인공은 언제부터인가 강호에 모습을 드러내지 않고 있었다.

그런 구화자가 이곳에, 그것도 살수 복장을 하고서 마교의 중심부에 나타났으니…….

강호를 뒤집을 만큼 대단한 일인데도 정작 구화자라 불린 사내는 희희낙락이었다.

"지금은 구화자가 아닌 살막주(殺幕主)로서 와 있는 거라고."

팔황새의 일세(一勢)이자 강호제일살문이라 불리는 살막. 구화자는 바로 그곳의 주인이기도 했다.

"그래그래, 그렇게 대단하고 바쁘신 분이 이렇게 누추한 곳에는 어인 일이실까? 산골 벽촌에까지 직접 납시니 몸 둘 바를 모르겠어."

"너는 아직도 그렇게 말을 배배 꼬는 습관을 버리지 못한 거냐? 하여간, 하아와 같이 그렇게 몇 번이고 말해도 듣질 않으니."

"닥치고 무슨 일로 왔는지부터 말해."

요한은 결국 참다못하고 으르렁거렸다.

그렇지 않아도 직접 절강에서 공수해 왔다는 용정차 맛 때문에 살짝 화가 난 상태였다. 그런데 난데없이 등장한 녀석이 자꾸 속을 박박 긁으니 화가 치밀 수밖에.

현 마교에 있는 사람들이라면 그의 노기를 진정시키기 위해 안 보이던 아양까지 떨 테지만 사내는 달랐다.

그는 강호를 공포로 몰아넣었던 살막의 주인이다.

또한 요한과 직접 손속을 나누어도 지지 않을 만큼 고강한 무공의 소유자이기도 했다.

요한을 겁낼 이유가 하등 없는 것이다.

오히려 그의 화를 더욱 살살 부채질까지 할 정도였다.

"너 이 용정차 때문에 화난 거지?"

"……."

"으이그, 너 대체 올해로 몇 살인지는 아냐? 이제 이삼 년만 더 있으면 서른이다, 서른. 일에만 치이지 않았어도 일가를 이루고도 남았을 나이라고."

"닥쳐."

"어이쿠, 무서워라."

"……."

"그나저나 천하의 한비 사공자(四公子)께서 이렇게 추억에 젖을 정도로 감성이 풍부하시다는 걸 녀석들이 안다면 정말 깔깔거리겠다. 특히 진성 녀석과 경태가……."

"닥치라고!!"

쿵!

요한은 책상을 탁! 치며 자리에서 일어났다.

일순, 방 안의 공기가 차갑게 가라앉으며 밀실 내에 있던 물건들이 일제히 공명하다 터져 나가기 시작했다.

사내도 그제야 살짝 굳어진 얼굴로 진지하게 입을 열었다.

"아직도 그때의 일이 너에게 무겁게 남은 것이냐?"

"시끄러!"

"그때의 일은 어쩔 수 없다. 할아버지와 백부를 무시했던 녀석들의 술수 때문에……."

"닥치란 말이다!!"

요한의 고함 소리. 하지만 그것은 화가 담긴 고함이 아니었다. 절규였다. 울음이 섞인, 혹은 과거를 후회하는, 아픈 기억을 가진 사람만이 내뱉을 수 있는 절규였다.

어느 날 집에 불이 났다. 가문이 어지러운 상황을 틈타 흉수들이 습격을 해왔다.

그리고… 모두가 죽었다.

친구이자 형이었던 녀석도 또한…….

"그 녀석의 일은 우리도 어쩔 수 없……."

틱, 쿵!

요한은 사내의 멱살을 잡으며 벽 쪽으로 밀어붙였다. 그 순간 요한의 몸에서 뿜어져 나온 살기며 패기는 전각 전체를 뒤흔들 정도로 무시무시했다.

"한 번만 더 그 입을 함부로 놀리다가는 그 입이며 이빨이며 모두 다 날려주지!"

머리 위로 아지랑이처럼 치솟는 살기에 사내는 결국 한숨을 내쉬었다.

"알았다."

"……."

요한은 그제야 사내의 멱살을 풀었다.

사내는 구겨진 옷을 탁탁 털며 작게 중얼거렸다.

"정말이지 이래서야 이공자(二公子)라는 직위가 무색해지잖아. 나, 동생 녀석에게 이렇게 당해도 되는 건가?"

요한이 도끼눈을 하고서 살짝 째려오자 사내는 결국 싱글벙글 웃으며 그 분노를 흘려 버렸다.

"농담이야, 농담."

"말했지만 나는 너와 농을 하고 싶은 마음 따윈 없다. 사령, 운남에서 명을 기다리고 있어야 할 네가 갑자기 왜 이곳에 나타났는지부터 말해."

"회주로부터 두 가지 전언이 있었다."

사내, 사령이 대답했다.

"전언? 그 정도야 네 밑에 수하들을 시키면 될 일이 아닌가?"

"그렇게 쉽게 처리할 사안이 아니어서 말이지."

사령이 어깨를 으쓱하고 답하자 요한의 눈동자가 다시 차갑게 가라앉았다.

"급밀(急密)인가?"

"어, 아쉽게도."

"일이 쉽게 풀리지 않나 보군."

진성과 요한, 그리고 사령이 속해 있는 회는 회주를 중심으로 다섯 명의 공자와 공녀가 강호 전역에 퍼져 세력을 규합하고 쳐내는 식으로 대계를 준비하고 있었다.

그중 진성과 요한은 마교의 권세를 쥐고, 오공자인 경태는 강남의 패권을 틀어쥔 제천궁을 만들었으며, 이공자인 사령은 옛 팔황새의 세력을 규합하여 장(長)이 되었다. 말이 살막주이지, 이미 그와 뜻을 함께하기로 한 팔황새 중에는 남만의 독왕곡과 서장의 포달랍궁도 있었다.

삼공녀인 하아는 고천사패 중 한 명인 이패를 포섭해 모종의 일을 꾸미고 있다.

이미 그것만으로도 강호 전체를 뒤집을 만한 세력을 보유한 것이나 마찬가지였지만, 회는 신중에 신중을 더해 차근차근 대계를 준비했다.

대계를 위해서는 제대로 된 연락망이 필요한 법.

평상시에는 회에서 특별히 키운 매나 비둘기를 이용하거나 중요한 일이 있을 경우에는 영물이나 전령을 사용하기도 했다.

하지만 일반적으로 예상치 못한 일이 발생해 대계의 흐름이 끊기거나 어긋나는 방향으로 흘러가는 경우가 있었다.

그러는 때를 대비해 사용하는 것이 바로 '급밀'.

이것은 직접 공자와 공녀가 움직여 소식을 전달해야만 한
다.

이미 하나하나가 절대위에 육박하는 실력을 지닌 그들이
기에 보통 전령이나 영물보다 더욱 빨리 소식을 전해줄 수 있
는 것이다.

하지만 대계가 이십 년 가까이 진행되면서도 급밀이 사용
된 적은 딱 두 번밖에는 없었다.

정마대전이 끝날 때와 제천궁이 잠시 활동을 멈추었을 때.

그런데 갑자기 급밀이라고?

요한은 사령이 건넨 서찰을 받아 읽기 시작했다.

적힌 내용은 허무하리 만치 간단했다.

하지만 그 내용은 간단하지만 요한의 머리에 경종을 울리
게 하는 데에는 충분했다.

"중원에서 활동 잘하고 있던 진성 녀석이 왜 갑자기 사라
진 거지?"

"그걸 모르니까 하는 소리지."

감숙 기련산에서 귀주로 이동했던 진성이 섬서에서 자취를
감추고 연락을 끊은 지 벌써 한 달이······.

"일을 하다 보면 한 달 동안 연락을 하지 않을 수도 있는 거
지, 그것이 급밀이 될 이유는 없다고 보는데? 오히려 정보가

누설될 일이 적으니 다행이 아닌가?"

"밑의 내용까지 끝까지 읽어봐. 이유가 있으니까."

"뭐?"

"섬서에서 일을 하고 있어야 할 녀석이 옛 안휘 땅, 남직예에서 얼마 전에 모습을 드러냈다고 하지 않나."

"……!"

사령의 말은 진실이었다.

분명 회주의 명에 따라 섬서에서 다음 대계를 준비하고 있어야 할 녀석이 갑자기 남직예에서 살짝 모습을 비추었다는 것이다.

문제는 녀석이 모습을 드러내자마자 회에서 뒤쫓기도 전에 다시 자취를 감추었다는 것인데…… 사람을 잘못 보고 회에서 이렇게 떠들 리는 없으니 확실히 진성이 남직예에서 발견된 것은 진실일 터였다.

요한은 어이가 없어 헛웃음을 흘리고 말았다.

"그곳이면 하아가 간다고 했던 절강과도 가깝지 않나?"

"그렇지."

요한은 살짝 긴장한 기색으로 말했다.

"반기를 들 생각인가?"

"반골 기질이 강한 녀석들이니 불가능한 것도 아니지."

"하지만 아직 상황이 여의치 않다는 것을 진성도, 하아도 모를 리 없을 텐데?"

"우리들 중에서 가장 신중한 성격을 가진 이가 하아인만큼 그 아이는 빼야 할지도……."

"그렇다면 진성 녀석 혼자 독단적으로 움직이고 있다는 뜻 인데?"

그들이 제아무리 서열에 구애를 받지 않는다 하더라도 일 공자라는 자리는 노름으로 딸 수 있는 것이 아니다. 진성이 일공자가 된 데에는 그만큼 실력도 뛰어날뿐더러 귀계에도 능하기 때문이었다.

진성뿐만 아니라 경태, 하아 모두가 가릴 것 없이 그들의 상관이라 할 수 있는 회주에 대해 살의를 가지고 있는 것은 사실이었다.

하지만 그 살의는 모든 대계가 끝난 후에나 드러내야하지 벌써 드러낸다면 남는 것은 하나뿐이다. 바로,

"죽는다는 것… 알고 있을 텐데도 녀석은 왜…?"

정말이지 이해 못할 일이었다.

"녀석의 일은 녀석이 알아서 하겠지. 어렸을 때부터 자존심 하나로 살아왔고, 또한 그에 걸맞은 기량을 가진 녀석이었으니까."

사령의 말에 요한은 고개를 끄덕였다.

그들이 제아무리 지난 세월 동안 동고동락을 해왔어도 이십 년이라는 세월은 그들로 하여금 선이라는 금을 긋고야 말았다.

요한은 곧 진성에 대한 내용에서 넘어가 다른 전언을 읽었다.

그곳에는 진성의 실종 사건보다 더 큰일이라 할 수 있는 일이 기술되어 있었다.

"이것이 사실이라면……."

요한이 살짝 말끝을 흐리자, 사령이 고개를 끄덕였다.

"빨리 대계를 시작해야겠지."

일순, 사령의 눈동자 위로 진한 핏빛 기운이 떠올랐다가 사라졌다. 혈백이 완성되어 대붕(大鵬)을 이루었음을 뜻하는 증거였다.

"대계라… 그럼 이쪽에서도 가만히 있을 수는 없지."

요한은 혼잣말과 함께 사령에게 눈치를 던졌다.

사령은 피식 웃으며 고개를 끄덕이고는 공간에 녹아들며 사라졌다.

요한은 곧 수하를 불렀다.

"마영!"

슈슉―

검은 무복을 입은 마영이 부복한 채로 나타났다. 마영은 진성의 명에 의해 교 내에서 요한을 옆에서 보좌하고 있었다.

"하명하시지요."

"당장 장로들과 각 전각의 간부들을 불러라! 마맥회의를 연다!"

"존명!"

마영은 외침과 함께 그림자에 녹아들었다.

마맥회의의 소집. 그것은 칠년지약으로 말미암아 잠시나마 잔잔한 호수와 같았던 강호에 돌멩이 하나를 던지는 일이 될 터였다.

*   *   *

"으어어어……!"

소혼의 손아귀에 목이 잡힌 유현은 마치 학질에 걸린 사람처럼 부들부들 몸을 떨었다.

눈동자가 뒤집어지고 입가에 게거품까지 문 것이, 뇌문에 미친 소혼의 마인(魔印)이 얼마나 짙은지를 잘 말해주었다.

짙은 살의와 마공음의 마기.

소혼과 유현을 지켜보고 있던 사람들은 그 무시무시한 위세에 눌려 아무 말도 할 수 없었다. 지금 이 상황에서 입을 열었다가는 당장 목이 날아갈 것 같았다.

"꿀걱."

팽무천의 침을 삼키는 소리마저 크게 들리는 적막 속에서 소혼은 여전히 살의 어린 표정으로 마공음을 전개했다.

"말… 하… 라……."

"으어어어……!"

"말… 하… 라……!"

결국 더욱 짙어지는 마인을 참다못하고 유현의 몸이 꼿꼿하게 바로 세워졌다.

그 광경을 보고 있던 사람들은 소혼의 짙은 살기에 의해 유현이 다시 제정신을 차린 것으로 보였으나, 실상은 두 눈이 더 뒤로 돌아간 것이, 이제는 아예 제정신으로 돌아오기가 힘들게 되어버렸다.

"무… 엇을……?"

작게나마 녀석의 목소리가 들리자 소혼의 질문이 시작되었다.

"진성과 채홍련은 어디에 있나?"

"누… 구?"

"진성과 채홍련! 너와 함께 천산을 나왔던 녀석들 말이다!"

유현의 몸이 살짝 떨렸다.

"채홍련… 은 절강 항주(杭州)에서 나와 헤어졌……."

항주는 절강성의 성도로서 소혼의 소가장이 위치한 천목산(天目山)과 가까운 곳이었다.

채홍련의 행적을 알게 되자 소혼의 음성이 살짝 다급해졌다. 그에게 가장 중요한 것은 채홍련의 행적보다 진성의 움직임이었기 때문이다.

"진성은? 진성은 어디로 갔는가!"

"진… 성은……."

"진성은?"

"진성은… 커헉!"

뒤집혔던 유현의 눈동자가 바로 돌아왔다. 제정신을 차렸다는 의미였다.

하지만 그것도 잠시,

이성을 되찾기도 전에 유현이 피를 한 바가지나 쏟아냈다. 그뿐만이 아니었다. 코, 귀, 그 어느 곳 가릴 것 없이 사람에게 허용된 구멍이란 구멍에서 죄다 짙은 선혈이 흐르기 시작했다. 그렇게 녀석이 혈인이 되는 것은 순식간이었다.

그리고 유현은,

"으어어어!"

살려달라고 말하고 싶었는지 몸을 이리저리 아등바등 움직이더니 결국 시체처럼 뻣뻣해지다 이내 축 늘어졌다.

갑작스런 상황에도 소혼은 여전히 아무런 행동도 취하지 않았다.

그저 인상을 살짝 찌푸릴 뿐.

유현이 죽기 전 벙긋거리던 입 모양을 심안으로 본 탓이었다.

―절강에서 기다리겠다, 비연.

"……!"

녀석은… 자신을 저 밑바닥 구렁텅이까지 밀어 넣은 녀석
은 자신이 유현을 뒤쫓을 것이라는 것을 알고 유현에게 한 가
지를 세뇌시켰다.

전밀공(傳密功)을 말이다.

"도전장… 인가."

소혼은 여전히 유현의 목을 쥐며 중얼거렸다.

"그렇게 원한다면……."

소혼은 작게 중얼거렸다.

"…응낙해 주지. 그리고 너의 목을 꺾어버리겠다, 진성."

빠득!

목뼈가 분질러지는 소리와 함께 유현의 목이 기괴한 방향
으로 비틀렸다.

소혼은 유현의 시체를 한곳에 아무렇게나 내버리고는 팽
무천이 있는 방향으로 몸을 획 돌렸다.

"어르신."

"어? 어, 왜 그러느냐?"

팽무천이 화들짝 놀랐다가 이내 한차례 헛기침을 하고서
되물었다.

"나는 이만 절강으로 이동하려 하오. 어찌시겠소?"

"뭘?"

"내가 움직이는 곳은 이와 같이 피가 흐를지도 모르오. 어
쩌면 천하와 싸워서 풀어야 할지도 모르오. 그래도 나와 같이

움직이겠소?"

"……."

소혼은 지금 묻고 있는 것이다, 과연 호기심 하나만으로 자신과 함께하다가 천하와 척을 지어도 괜찮겠느냐고.

"네가 말하는 천하가 어떤 것이냐?"

"제천궁과 구파."

구파야 질풍행로를 행하면서 어쩔 수 없이 척을 지게 되었다지만 제천궁까지?

"허헛! 강북뿐만 아니라 강남까지 모조리 적으로 만들겠다는 것이냐?"

"어쩌면."

"크핫핫핫핫!"

팽무천은 세상이 떠나가라 웃었다.

그 웃음소리가 얼마나 큰지 공력을 싣지 않았음에도 사자후처럼 느껴졌으니. 이를 보다 못한 팽시영이 양손으로 귀를 막고 말았다.

"거참, 배포 큰 녀석일세! 천하라니! 암! 남아로 태어났으면, 사내라는 이름자를 달았으면 그 정도는 되어야지! 좋다. 네가 과연 어떤 길을 걸으려 하는 건지는 몰라도 나와 팽가가 적극 도와주겠다."

"하, 할아버지!"

그때 깜짝 놀란 것은 팽시영이었다.

지금 이 상황은 쉽게 말할 수 있는 것이 아니었다.

호기심으로 백염도를 따라다니는 것은 그렇다 칠 수 있다. 하지만 세가 차원에서 백염도를 적극 도와주겠다는 말은 다르다. 그것은 정도에서 이탈해 백염도와 함께하겠다는 소리.

곧 강호공적이 되겠다는 뜻이 아니겠는가!

단순한 호기심에서 출발한 관계치고는 너무나 멀리 온 셈이다.

"네가 말하는 것이 무엇인지 안다, 영아야."

"그러면서 어찌 그렇게 쉽게 말할 수 있는 거예요!"

"그야 팽가가 정도오가(正道五家)가 아닌 중인육가(中人六家)의 도종문(刀宗門)이기 때문이다."

"……."

"나는 말이다… 내 조부, 그러니까 네게는 고조부가 되시는 분의 소원을 항상 가슴에 품고 살아왔다. 그리고 지금이야말로 그 소원을 이룰 수 있는 기회라 생각한다."

백 년 전까지만 해도 팽가를 상징했던 말, 도종문.

하지만 세월은 도종문의 전설을 퇴색하게 만들었고, 정마대전은 중인육가의 후예인 도종문을 정도에 속하게 만들어버렸다.

그 신화를 이루고 싶은 것이다, 팽무천은. 그리고 그 신화와 전설을 백염도와 함께라면 이룰 수 있다고 믿고 있었다.

소혼은 여전히 무심한 표정으로 입을 열었다.

"내가 마인이라 해도 말이오?"

"……."

팽무천은 살짝 놀란 기색을 하다가 입가에 미소를 떴다.

"과거가 무에 중요하겠나. 지금 내 앞에 있는 것은 소가장의 후예인데 말이지."

과거에 무엇을 했는지는 불문에 붙이겠다는 뜻이다.

소혼이 사도수 시절에 정마대전에 참가했다지만 팽가와 직접적으로 부딪친 적은 크게 없었다.

팽가가 위치한 하북—북직예—이 중원을 중심으로 북동쪽에 위치한 까닭이었다.

거기다 뒤에 서서 거의 중립을 지켜왔던 오가와 달리 마교와 척을 진 것은 바로 구파다. 그러니 소혼이 팽가를 거부할 이유는 없었다.

"하지만 자네가 마인일 때가 우리로서는 상상도 할 수 없는 정도였다면… 또 모를 일이지."

소혼은 쓴웃음을 지었다.

'한시적이 될지도 모르겠군.'

하지만 한 가지는 확실했다.

자신이 무엇을 하든 팽무천이 도와줄 것이란 것.

정작 고민에 잠긴 것은 팽시영이었다. 팽가주의 딸로서 할아버지의 이러한 독단에 가만히 있을 수 없는 노릇이었다.

'이를 어쩌면 좋지?'

한편, 팽시영의 머릿속처럼 가장 시끄러워진 것은 바로 검각이었다.

지난 수백 년간의 세월에 더해 고풍스런 느낌을 자랑했던 각주전이 날아간 것으로도 모자라, 마교의 다섯 기둥 중 하나인 환도맥주의 죽음은 정사지간 문파인 그들로서도 경종을 울릴 큰 사건이 아닐 수 없었다.

[각주… 어찌해야 할까요?]

어느새 기력을 되찾고 그 어느 누구보다 열성적이게 된 이하영의 전음이 들려오자 검후는 잠시 생각에 잠겼다.

앞뒤를 다 자른 물음이었지만 그 의미를 모를 리 없는 것이다.

마교의 오대마맥 중 한 곳인 환도맥의 주인이 보타산에서 죽임을 당했다. 마교에서 제지를 가할 것은 당연지사다.

그리고 그 '제지' 라는 것은 어떤 것일지 모른다.

단순히 검각의 내정 간섭이 될지도 모르고, 어쩌면 지난 삼 년 동안 천산에 웅크린 채 모습 한 번 드러내지 않던 녀석들이 다시 기지개를 켤지도 모른다. 검각을 치는 것은 칠년지약과는 별개의 일이니까 말이다.

여하튼 그것이 어떤 것이 되었든 마교가 해올 '제지' 라는 것은 분명 검각으로서도 손쓰기 힘들 일이 분명했다.

혹자는 검각의 자존심은 당가보다 굳세어 수모를 받을지

언정 부러지고 말 것이라 생각한다.

하지만 대나무 같은 성정도 힘이 있어야 가능한 일이다.

뛰어난 고수 하나 없는 변변한 지금의 검각으로서는 마교가 칼을 빼 든다면 옴짝달싹못하고 목이 달아날지도 모르는 것이다.

이는 검각주인 검후가 절대고수가 되지 못했기 때문에 발생한 일이기도 했다.

역대로 검후는 일대 혹은 이대에 걸쳐서 절대위의 고수를 배출하곤 했다. 그 때문에 제일검문이라는 호칭이 있을 수 있는 것이다.

하지만 언제부터인가 검각에서 검후의 맥(脈)은 이어져도 절대고수의 위(位)는 이어지지 못했다.

이화영검식(李花影劍式)이라는 절세검보가 유실되어 버린 탓이었다.

삼대혈란 중 하나로 꼽히는 건패지재 때에 검각이 휘말리면서 검후가 전인에게 검식을 모두 전수하지 못하고 유명을 달리한 적이 있다.

이 때문에 현 검후는 이화영검식의 아홉 초식 중 전오초식만을 익혔을 뿐, 가장 중요하다고 하는 후삼초식과 마지막 초식인 비기를 익히지 못했다.

이것은 검각에 치명적인 결과로 돌아오고 말았다.

검후를 상징하는 꽃 그림자[花影]가 개화(開花)를 이룰 수는 있어도 실과(實果)를 맺지 못한다는 뜻이었다.

실과를 맺으면 나타난다는 화천무(花天舞)는 검보의 검군(劍君)이 펼치는 일해무(日海舞)와 함께 쌍검군후신무(雙劍君后神舞)라 불린다.

그런 화천무가 사라져 버렸으니…….

결국 맥은 이어지되 위는 계승되지 못하는, 그런 웃지 못할 일이 벌어지고 말았다.

힘이 없다는 것.

그것은 강호에서 살아가는 사람이 된 이상 죄가 될 수밖에 없는 일이다.

'그 힘을 되찾기 위해 나는 강호 여행을 했던 것이고… 무랑을 만났고, 또 헤어졌지. 하지만 나는 사랑을 버리고도 후삼초식과 비기를 되찾지 못했다.'

검후는 살짝 쓴웃음을 지으며 고개를 저었다.

이하영의 다급한 음색이 다시 들려왔다.

[하지만 각주!]

이하영의 눈은 말하고 있었다. 힘이 빠진 지금이 백염도를 잡을 수 있는 마지막 기회라고 말이다.

다른 제자들 역시 처음 소혼에게서 기세에 밀렸던 것이 한이 되었는지 눈가에 진한 살기가 떠오르고 있었다. 불가를 표방하는 그들에게 결코 어울리지 않는 살기가 말이다.

하지만 검후는 제자들의 눈빛을 읽고도 승낙할 수 없었다.

다시 한 번 고개를 저으며 이하영을 비롯한 제자들에게 전음을 날렸다.

[저자는 은원을 위해 움직였던 것. 강호인이 되어서 그것을 어찌 모른단 말이냐. 게다가 우리 검각이 언제 마교 따위의 눈치를 보았더냐?]

[……!]

[우리는… 검각이다.]

[……!]

자신들은 검각이라는 말. 그것만큼 귀한 말이 어디에 있을까. 제자들은 가슴이 무거워지는 것을 느꼈다. 그와 함께 어깨 또한 바로 펴졌다. 검각의 제자가 되어 힘없이 어깨를 늘어뜨릴 수는 없는 것이다.

하지만 과연 그들은 알까.

검후가 소혼을 공격하지 못하는 데에는 또 다른 이유가 있다는 것을.

'과거의 업보다. 내가 저지른 업보…… . 내가 뿌린 것이니 내가 거두어야만 하는 것이다. 슬프구나. 하늘도 무심하시지. 어찌 소가장의 아이를 내 앞에 내신 것인지.'

소혼의 얼굴이 검후에게로 향했다.

비록 두 눈을 건으로 가리고 있지만, 검후는 소혼이 자신을 보고 있다고 생각했다.

'소가장의 아이…… .'

이십 년 전의 일이 주마등처럼 스쳐 지나갔다.

그때 소혼의 입이 열렸다.

"만약 마음을 달리 먹었다면 당신들은 더 큰 화를 불렀을 것이오."

"……."

검후의 몸이 굳어졌다. 들은 것일까? 대체 어떻게? 그들은 전음으로 대화를 나눈 것일 뿐인데?

이하영을 비롯한 제자들의 몸도 경직되었다. 등 뒤로 소름이 돋았다. 자신들의 생각을 꿰뚫렸다는 느낌에 무어라 말을 이을 수가 없었다.

"그리고 마교에 대한 일은 걱정할 필요 없소. 마교는 지금 바깥 상황에 개입할 여건이 되지 못하니까. 그래도 마교 쪽에서 어떤 움직임을 보일 것 같으면, 무간지옥의 나락으로 떨어진 사신이 왔다 갔다고 말을 한다면 알아들을 것이오."

무간지옥의 무간(無間)은 무간뇌옥을 의미한다.

검후가 멍하니 고개를 끄덕이자, 소혼은 몸을 돌렸다.

보타산에서의 일은 모두 끝났다. 채홍련과 진성이 어디에 있는지 알았으니 한시라도 지체하지 않고 바삐 움직여야 하는 것이다.

'가는 거다, 고향으로.'

그렇게 소혼이 산을 내려가고, 팽무천은 잠시 소혼의 뒷모습을 지켜보다가 검후에게 작별 인사를 했다.

"다음에 보세."

"잘 가요, 무 랑."

짧은 인사였지만, 그 짧은 시간 동안 둘은 눈빛으로 수도 없이 많은 대화를 나누었다. 젊은 홍안 시절의 추억을 떠올리는 대화였다.

거의 사십 년 만에 팽무천을 만났을 때에는 반가운 마음을 숨기기 위해 욕지거리를 내뱉었지만, 지금은 다르다.

팽시영도 검후에게 읍을 올리고 팽무천과 함께 소혼의 뒤를 따랐다.

곧 그들 일행의 모습이 사라진 후, 검후는 힘이 빠졌는지 털썩 자리에 주저앉았다.

"무 랑… 소가장… 이화영검식……."

전혀 상관없을 것 같은 이야기들이다. 하지만 과거부터 이어져 온 인연의 실들은 그것을 한데 묶어버렸다.

그리고 여기에 또 하나의 인연을 더하려 한다.

"하영아."

"예, 각주."

"지금은 너의 사부로서 하는 말이다."

"말씀하세요, 사부."

이하영의 물음에 검후는 짤막하게 답했다.

"따라가거라."

"네?"

"저들을 따라가거라. 광음벽도라면, 아마 내가 보냈다고 하면 동행을 허락해 줄 게다."

"연유를… 여쭈어도 되겠습니까?"

검후는 잠시 하늘이 있는 곳으로 고개를 올렸다. 맑은 하늘. 하얀 구름이 두둥실 떠내려간다. 그리고 핀 지 얼마 되지 않은 꽃의 향기가 코를 살짝 찔렀다.

"꽃 그림자[花影]를 보고 싶지 않느냐?"

검후의 입가에 미소가 살짝 어렸다.

"저 아이를 따라가면 지난 칠십 년 동안 본 각을 떠났던 꽃 그림자가 열매가 되어 돌아올 것 같구나. 아름다운 춤[舞]과 함께 말이지……."

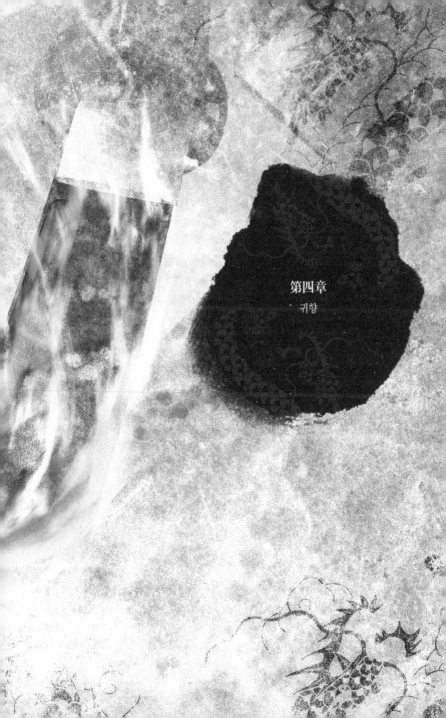

第四章

· 귀향

神刀無雙
신도무쌍

쏴아아아아!

물결을 가르는 뱃소리가 좋다. 상쾌한 바닷바람이 안면을 기분 좋게 때린다. 모든 것이 다 좋기만 한 이 시간이다.

다만, 한 가지 흠이 있다면 누군가가 배 난간을 부여잡고 자꾸 헛구역질을 하고 있다는 점이랄까.

"우웁! 우우우웁!"

팽시영은 갈 때나 올 때나 좀처럼 익숙지 않은 뱃멀미에 정말 혼이 달아날 지경이었다.

그렇다고 해서 달마가 소싯적에 해냈다는 일위도강(一爲渡江)을 할 수 있을 정도로 뛰어난 무위를 갖춘 것도 아니지 않은가. 물론, 그만큼 실력이 뛰어났다고 하더라도 바다를 한달음에 넘나든다는 것도 말이 되지 않았지만.

여하튼 주산군도에서 절강까지 이동하는 선행(船行)에서 그녀는 정말 순간순간이 괴로울 지경이었다.

"끌끌, 그러게 멀미가 무서우면 그냥 주산군도에서 살라고 하지 않았더냐."

팽무천의 웃음소리에 팽시영은 잔뜩 도끼눈을 하고 쩌려왔다.

"할아버지는 지금 그걸 말이라고 하시는… 윽!"

"당연히 말이라고 하는 거지. 끌끌! 아무튼 손녀라고 있는 것이 이 할아비의 마음을 몰라줘요."

"그런 마음 같은 것 이해해 줄 마음 따윈 눈곱만큼도 없어요!"

팽시영은 결국 참다못하고 빽! 소리를 지르고 말았다.

그때 뱃전 위를 거닐고 있던 사람들의 시선이 팽시영에게로 향했다. 졸지에 모든 사람들의 이목을 쏠리게 만든 주범이 된 팽시영은 홍시처럼 잘 익은 얼굴을 아래로 푹 숙이고 말았다.

"껄껄껄!"

…저 웃음소리만은 정말 어떻게든 처리하고 싶건만.

팽시영이 몸을 부들부들 떨고 있을 때에 소혼이 그녀의 등에 손을 가져다 댔다.

곧 무겁던 몸 안쪽에서 상쾌한 느낌이 들었다.

"고마워요, 소 공자."

"너무 힘들어 보여 도와주는 것뿐이오. 이제 몸은 좀 괜찮으시오?"

"예. 한결 나아졌어요."

팽시영은 길게 숨을 내쉬었다. 이제야 상쾌한 바다 향이 느껴지는 것이 멀미가 가라앉았음을 말해주었다.

멀미가 사라지자 주위를 둘러볼 여유도 생기게 되었는데, 때마침 팽시영의 시야에 난간에 등을 붙인 채로 조용히 눈을 감고 있는 여인이 잡혔다.

'이름이… 이하영이라고 했던가?'

검후의 명에 의해 중원행을 명받았다고 하며 자신들을 따라온 여인이다.

처음엔 그 저의를 알 수 없어 많이 난감했지만, 일행의 제일 연장자인 팽무천이 보호자를 자청하고 나서 동행이 허락되었다.

하지만 일행과는 검각 산문에서부터 각주실까지 안내해주었을 때밖에는 안면이 없다. 그러니 절로 거리가 있을 수밖에 없었다.

"그런데 하 소저는 계속 저렇게 둘 거예요?"

팽무천이 쓴웃음을 지었다.

"같이 행동하자고 해도 계속 저리 독단적으로 움직이는구

나. 고집 앞에 장사 없는 법이지."

아무래도 자신은 친절로 각주전으로 안내했는데, 정작 객으로 찾아왔던 일행이 각주전을 날려 버리자 그것에 대한 화가 아직 심중에 남아 있는 것 같았다.

특히나 이하영은 일행을 신경 쓰지 않는 것 같으면서도 힐끗힐끗 소혼을 도끼눈으로 째려오는데, 그것이 소혼으로서는 많이 난감할 수밖에 없었다.

"소 공자, 단단히 미운털 박혔나 보네요."

소혼의 무표정한 얼굴이 살짝 흔들렸다. 무뚝뚝한 그라고 해서 어찌 이하영의 눈길을 읽지 못할까.

"그러게 말이오."

"껄껄, 우리가 보타산에서 좀 설쳤어야 말이지. 그러니 하룻밤도 자지 못하고 이렇게 쫓겨난 것이 아닌가."

팽시영은 한숨을 내쉬었다.

"그 일이야 검후께서 쉬쉬한다고 해주서서 다행이긴 하지만… 그래도 하 소저의 마음을 풀기는 어려운 걸까요? 뭍에 도착하고 나서도 저렇게 계속 거리를 둔 채 째려보면 마시넌 물도 위에서 체할 것 같아요."

"화를 풀어주어야 한다는 거군그래."

"꼭 그렇게 해주지 못하더라도 일단 우리에게 조금이나마 마음의 문을 열어주었으면 하는데…… 어디 좋은 방법 없을까요?"

"좋은 방법은 무슨. 이렇게 골치 아픈 때일수록 무작정 밀어붙이는 게 최고다."

팽무천은 다짜고짜 이하영이 있는 곳으로 발걸음을 옮겼다.

팽시영이 허겁지겁 그를 말리려 했다.

"할아버지, 잠깐만요! 그렇게 두서없이 말을 붙이면 당황하……."

"이봐, 소 매의 제자라고 했나? 보타산에서 나온 지도 꽤됐는데 언제까지 그렇게 뚱한 채로 있을 겐가? 이만 화 풀고 우리들과 함께하세나. 소혼과 내 손녀가 얼마나 재미있는지 아는가? 껄껄!"

"이미 당황하고 있구려."

소혼의 말대로 이하영은 갑자기 팽무천이 얼굴을 들이밀면서 말을 붙이자 많이 당황하는 눈치였다.

오랫동안 대도를 휘둘러 온 빵빵한 근육에 산적처럼 북슬북슬한 얼굴로 들이대는데 그 어느 여인이 싫어하지 않겠냐마는, 그 들이댐의 정도가 너무 심해서 이하영이 팽무천을 부담스러워하는 기색이 멀리서도 확연하게 느껴질 정도였다.

팽무천의 얼굴이 점점 기괴하게 다가오면 다가올수록 한 차례 두 차례 시작되던 이하영의 뒷걸음질도 자꾸 바빠졌다.

"그, 그만 오세요!"

"이제 화 풀고 우리에게 오게나."

"오, 오지… 꺄아아악!"

이하영은 처음의 그 도도한 모습을 벗어던지고 양손으로 두 귀를 막으며 쭈그려 앉아 부들부들 떨기 시작했다.

'호오, 이 아이. 우리 시영이와 많이 비슷한데?'

팽무천은 새로이 자신의 마수(?)를 던질 대상을 찾아냈다는 것에 만족한 웃음을 폈다.

'어찌 보면 소 매의 젊었을 적과도 많이 닮았어, 겉으로는 도도한 척하지만 속은 놀리기가 딱 좋은. 이거, 당분간 중원행이 재밌겠는걸.'

팽무천의 기괴한 생각이 자꾸 커져만 가는 가운데, 두 사람의 모습을 지켜보고 있던 소혼과 팽시영이 심각한 얼굴로 대화를 나누었다.

"조금 시끄러울지도 모를 여행이 되겠구려."

'…또 다른 희생양이 생겼구나.'

팽시영은 이하영에게 동정이 담긴 시선을 던졌다.

배는 곧 진해(鎭海)에 다다랐다.

진해는 '바다를 진압한다' 라는 뜻을 가진 곳답게 현 명나라의 수군도독부가 설치된 곳이기도 했다.

절강에서 주산군도와 가장 가까운 항구가 설치되어 있어 주요 관도들이 닿는 곳이기도 해서 절강 내의 이동에 용이했다.

착.

소혼과 일행은 이틀에 가까운 시간이 흐른 후 드디어 뭍에 도착할 수 있었다.

이미 하늘은 초승달이 휘영청 맑은 술시(戌時:19~21시).

역시나 일행 중에서 땅을 제일 반가워하는 이는 바로 팽시영이었다.

"후! 이제 좀 살 것 같다."

"껄껄, 앞으로도 이 배라는 것 자주 애용했으면 좋겠구나. 그때만큼은 네가 순한 양이나 다름없는데 말이지. 아니, 아예 이 땅 자체가 바다였으면 좋겠다. 으핫핫핫!"

"지금 그 말, 무슨 뜻이에요?"

팽시영이 한껏 도끼눈으로 째려오자 팽무천은 더욱 기분 좋게 웃으며 그녀의 마음에 불을 질렀다.

"네가 평소에는 왈가닥이라는 거지! 껄껄껄!"

"대체 누가 누구더러 왈가닥이라고 하는 거예욧!"

팽무천과 팽시영이 이러쿵저러쿵 충돌을 반복하는 가운데, 소혼이 앞장서서 발걸음을 옮기기 시작했다.

"어디로 가는 건가요?"

소혼에게 대화는커녕 여태껏 단 한마디도 나누지 않던 이하영이다. 하지만 대체 무슨 바람이 불어 이렇게 먼저 말을 건 것일까.

소혼도 그것이 신기하게 여겨졌는지 잠시 멈춰 서서 이하영을 빤히 쳐다보았다.

두 눈은 건으로 가리고 있었지만 이하영은 소혼이 자신을 보고 있다 생각했다.

"왜, 왜 그러는 거죠?"

이하영이 살짝 놀라 더듬거리며 물었다.

"아니오. 그저 하 소저가 나에게 말을 걸었다는 것이 신기해서 그런 것일 뿐이오."

"……."

부끄러움 때문인지 그녀의 귓불은 살짝 빨개져 있었다. 아마 팽무천이 끈질기게 따라붙어 그녀에게 말을 걸었던 것이 이하영의 심중에 쌓여 있던 화를 일부나마 풀게 만든 것 같았다.

그도 그럴 것이, 자신이 제아무리 싫다 하더라도 사부의 명때문에 자신은 당분간이라도 소혼과 함께할 수밖에 없기 때문이었다.

그러니 살짝 분기를 억누르고 말을 걸었던 것인데, 소혼의 반응이 '나, 놀랐소'라고 말을 하는 것 같으니 부끄러울 수밖에 없었다.

이하영은 무어라 항변하고 싶었지만, 여인의 복잡한 마음 따위 알 리 만무한 소혼은 그녀의 심중을 읽지 못하고 그녀가 처음으로 그에게 던진 질문에 대한 답을 했다.

"일단 해가 졌으니 밤을 보낼 객잔을 찾을 생각이오."

저렇게 간단한 대답을 왜 저리 무게를 실어서 하는 것인지.

이하영은 빨갛게 달아오른 얼굴로—부끄러움과 화가 혼재된—잘근잘근 그를 씹어댔다.

'나 저 사람, 싫어!'

*　　　*　　　*

소혼 일행이 떠나고 이하영이 그 뒤를 따른 지 사흘이라는 시간이 흘렀다.

검후는 그동안 소혼과 만독자의 충돌로 속절없이 무너진 각주전을 토목공들을 불러다 다시 세우는 한편, 그 외의 업무는 제이의 각주전이라 할 수 있는 불검전에서 보았다.

환도맥주가 죽은 후, 마교와의 연대를 꾀해 그동안 침잠했던 검각의 위신을 다시 살리겠다는 안건은 폐기 처분 되었다.

거래에서 마교가 원했던 '제천궁 밀지(密旨)'와 '절강비사(浙江秘事)'는 아직 환도맥주에게 넘어가기 전이었기 때문에 사실상 큰 손해는 없었다고 봐야 옳았다.

실상 환도맥주 유현이 주산군도를 찾았던 것도 거의 밀행에 가까웠던 탓에 그의 죽음이 알려진다고 한들 마교에게도 얻을 것은 없으리라는 판단도 컸다.

'아마 이 일을 계기로 마교에서는 또 다른 거래를 제안하겠지. 그것이 어떤 것이든 나는 내가 할 일에 최선을 다하면

되는 게야.'

검후는 자신에게 올라온 서류에 날인을 찍으면서 생각했다.

처음에는 마교에서 이를 빌미로 검각에 좋지 않은 영향을 끼치려는 게 아닌가 했지만, 백염도의 말을 듣자니 마교는 지금 바깥의 일에 신경 쓸 틈이 없다고 하지 않던가.

물론 그 말을 완전히 믿을 수는 없었다. 하지만 믿지 않을 수도 없는 것이, 백염도가 그때 보였던 신위와 성정으로 보아서 절대 그들에게 거짓을 말할 이유가 전혀 없었다.

'대체 천마신교에 무슨 일이 생긴 것일까? 백염도는 환도맥주의 멱살을 쥐면서 진성과 채홍련의 행방을 물었다. 그들은 당금 신마맥주와 역천맥주일 텐데……'

분명 현 마교를 혼란으로 몰아넣었다는 일이 백염도와 관련이 있는 것은 분명하다. 무슨 일일까? 혹시 그 홀로 마교를 한바탕 휘젓기라도 했을까?

"서쪽에 위치한 천산의 일을 내가 어찌 알까. 그나저나 하영이는 잘 있으려나?"

검후는 업무를 보는 와중에 다 식어버린 찻잔을 들었다. 때마침 검후에게 다른 안건이 기술된 서류를 가져오던 여인이 빙긋 미소를 지었다. 검후의 일곱 제자 중 한 명인 하소정이라는 아이였다.

"하영이가 걱정되세요?"

"그렇지 않다면 거짓말이겠지?"

"그렇게 걱정하실 거면 왜 내보내셨어요?"

"그러게."

검후는 쓴웃음을 지었다.

그녀가 이하영을 내보낸 것은 거의 우발적인 일이라 할 수 있었다. 하지만 한편으로는 백염도의 뒤를 따라다니다 보면 유실된 이화영검식의 후초식을 얻을지도 모른다는 막연한 기대감이 생겼다.

'그 아이는 소가장의 아이니까. 그러니까……'

그 막연한 기대감은 절대 허황된 마음에서 나온 것이 아니다. 그동안 감추어졌던 전대 비사(前代秘事). 지금에 와서 들추어내기엔 너무나 부끄러운 지난날의 사건과 연루되어 있기 때문이다.

"그때의 죗값은 내 모든 일이 끝나면 네게 직접 찾아가 빌겠다. 모든 것을……"

검후는 가만히 눈을 감으며 중얼거렸다, 누구에게 하는 말인지 알지 못할 혼잣말을.

그 목소리는 너무나 작아 바로 옆에 있던 하소정도 듣지 못했다. 그저 고개를 갸웃거릴 뿐.

"예?"

"아니다. 혼잣말이다. 또 다른 안건이 올라왔다고 했지? 이리 줘보려무나."

*   *   *

　일행은 인근 객잔에 자리를 잡았다.

　남자와 여자가 따로 머물 방을 두 개 잡고, 간단한 식사로 배를 채웠다.

　팽무천을 비롯해, 특히나 이하영과 팽시영은 오랜 배 위에서의 생활에 지쳤는지 간단한 목욕 후에 방으로 올라가 잠을 청했다.

　시간은 다시 훌쩍 넘어 해시(亥時:21~23시).

　소혼과 팽무천은 간단히 술자리를 가졌다.

　하지만 으레 남자들이 술자리를 가지면 이런저런 이야기를 나누는 것과 달리 소혼과 팽무천의 술자리는 처음부터 조용하기 그지없었다.

　객잔 안은 바닷사람들로 가득 차 시끌벅적하기만 한데, 그들만 조용한 것이다.

　팽무천의 성격과는 어울리지 않을 적막감. 하지만 소혼도, 팽무천도 전혀 그것을 이상하게 여기지 않는 듯했다.

　그저 묵묵히 안주를 먹거나 술을 홀짝일 뿐이었다.

　그러다 한 시진쯤이 흘렀을까.

　팽무천은 어느새 바닥을 보이기 시작한 술을 검지로 톡톡 치면서 입을 열었다.

"딱히 갈 곳이 정해지지 않았다면 내일 항주로 향할 생각이네만, 자네 생각은 어떤가?"

소혼은 아무 대답 없이 비어진 술잔에 술을 붓기 위해 술통을 들었다.

이를 팽무천이 말렸다.

"끌끌, 자고로 자작(自酌)을 하면 재수가 없어진다고 했네. 같이 술자리를 가지는데 어찌 자작을 한단 말인가? 내가 따라주겠네."

팽무천은 소혼에게서 술통을 받아 그의 술잔에 고홍주를 가득 채웠다. 그러고는 술통을 소혼에게로 건넸다.

소혼이 의문이 담긴 시선으로 바라보자, 팽무천이 씩 웃으며 답했다.

"나도 달라는 의미일세."

소혼은 여전히 묵묵히 술통을 받아 역시 팽무천의 술잔을 채워주었다.

팽무천은 소혼의 술잔에 자신의 술잔을 한차례 부딪치고는 외쳤다.

"건배!"

"……"

"자, 시원하게 들이켜세!"

팽무천도 소혼도 길게 술잔을 들이켰다. 절대 약하지 않은 도수를 자랑하는 고홍주를 시원하게 넘기는 소혼의 모습에서 팽무천은 그가 애주가이거나 그에 상응할 정도로 술을 잘 마시는 것이라 생각했다.

'얼굴이 살짝 빨간 것이, 내공으로 숙취를 몰아내지 않았어. 저것이야말로 술맛을 안다는 증거이지. 암!'

소혼이 자신처럼 술을 잘 안다고 생각하자, 팽무천은 그동안 소혼과의 사이를 가렸던 벽 중 일부가 허물어지는 듯한 느낌이 들었다.

자고로 남자란 술을 나누고 나야만 진정한 정을 나눈다고 하지 않았던가!

팽무천은 씩 웃으며 한차례 더 소혼의 술잔에 고흥주를 채워주었다. 소혼도 팽무천의 것을 채워주자 어느새 두 술잔에는 맑은 고흥주가 잔잔한 호수처럼 담겨 있었다.

팽무천은 저(箸:젓가락)로 동파육을 집어 들었다.

"항주… 자네의 고향이라고 했지?"

"그렇소."

"갈까 하는데, 괜찮겠는가?"

"정해진 사실이 아니었소?"

이미 팽무천이 팽시영과 함께 앞으로 행로에 대해 대화를 나누지 않았냐는 우회적인 물음이었다.

팽무천은 고개를 저었다.

"꼭 그런 것은 아니네. 항주로 가는 것이 어떻겠나 싶어서 대화를 나눈 것뿐이라네. 자네가 하려는 일이 무엇인지는 알 수 없으나, 일단 일을 하려면 정보가 필요하지 않겠는가? 정보를 얻으려면 그 성의 성도를 찾아야 하는 법이지."

팽무천은 집어 든 동파육을 입에 넣어 우물우물 씹으면서 말을 이었다.

"특히나 항주는 강남의 모든 물산이 모여 북으로 향하는 곳. 천하의 모든 이목이 쏠리고 모든 정보가 모이는 노른자위가 아닌가. 백 년 전에는 일월문이, 이십 년 전에는 자네 가문이… 차지했던 곳."

"……"

소혼이 기억하기로, 소가장은 그닥 큰 가문이 아니었다고 기억된다. 그도 그럴 것이, 소혼이 승류결을 화륜심결로 바꾸기 전까지만 해도 그저그런 삼류 무공에 지나지 않았기 때문이다.

하지만 소가장은 무공이 약할지는 몰라도 절대 그런저런 가문 따위가 아니었다. 정확히는 무림계가 아닌 상계의 문파라 할 수 있었다.

그들은 주로 표국이나 상단의 호위 임무를 주로 행했는데, 소가장의 탁월한 장사 수완은 항주에서도 소가장이 다섯 손가락 안에 꼽힐 정도로 부유한 가문이 될 수 있도록 해주었다. 괜히 '절강소가'라 불리며 남궁세가와도 돈독한 관계를 유지했던 것이 아니었다.

소가장이 사라진 지 이십 년이 다 되어가는 지금이야 절강에서도, 항주에서도 사람들의 뇌리에 그 세 글자가 거의 지워졌다고 하지만, 그들이 건재했던 당시에는 전혀 달랐던 것이다.

"여하튼 귀향이라면 귀향이라 할 수 있는데 말일세. 괜찮겠나?"

지금 이 순간 팽무천의 물음에는 장난기라고는 전혀 눈을 씻고 찾아봐도 찾아볼 수 없었다.

그의 물음은 너무나 진지했다.

항주로 향해도 되겠냐고.

그것은 여러 가지 의미를 내포했을 것이다. 멸문한 가문이 있던 곳으로 되돌아간다는 것. 그것은 분명 과거를 잊는 자로 하여금 가슴 아픈 일일 수밖에 없다.

소혼은 아무 대답 없이 술잔을 들고서 술을 깊숙하게 들이켰다.

탁!

술잔을 내려놓는 소혼의 모습에서는 여태껏 찾아볼 수 없었던 무언가가 느껴졌다.

"과거의 망령으로부터 계속 도망칠 수는 없지 않겠소?"

팽무천은 고개를 끄덕였다. 그리고 굳게 닫혀 버린 입술은 더 이상 그것에 대해 묻지 않음을 간접적으로 말해주었다.

둘은 다시 자작을 하며 묵묵히 술과 안주를 번갈아 마시고 또 먹었다.

다른 사람들이 보았다면 별 이상한 사람들 다 보겠다고 중얼거릴지 모를 모습이었다. 다행히 개인적인 성향이 강한 바닷사람들은 타향 사람들의 일에 간섭할 마음 따윈 없는 듯했다.

그렇게 다시 묵묵히 시간이 흘렀다…….

약 일다경 후.

"그래서 그동안 남쪽에만 머물고 있던 제천궁인가 뭔가 하는 것들이 장강을 건넜단 말이지?"

사람들이 나누는 대화 중 강호에 대한 것이 팽무천의 귓가에 잡혔다.

"그래. 그 때문에 지금 장강 이북 쪽은 말도 아니라고 하더군!"

객잔 안의 사람들은 팽무천과 소혼, 둘 모두 병장기를 방에 두고 온 탓에 그들이 강호인인지 알지 못했다.

팽무천은 혹여나 질풍행로 후에 하루가 멀다 하고 달라지는 강호의 정세에 또 무엇인가 커다란 사건이 터졌나 싶어, 그들의 대화에 귀를 기울였다.

두 사람의 대화가 계속되었다.

"제천궁이라는 곳이 그렇게 무서운가?"

"그걸 말이라고 하나? 겨우 삼 년이네, 삼 년! 삼 년이라는 그 짧은 시간 동안 강남이라는 커다란 땅을 홀로 차지한 곳이 바로 제천궁이 아닌가."

"하지만 정마대전이 일어나기도 전에 건패에 의해 사도삼세가 사라지고 공짜 땅이나 다름없던 강남 대지를 차지하는 것이 무에 어려웠겠는가?"

"어이구, 이 답답한 화상아. 강남이 어떤 곳인가? 비록 중원의 모든 문물이 황하를 중심으로 일어났다 하더라도, 현 강호에서 가장 부유한 곳이 강남이라네! 특히나 모든 산물이 넘쳐 나는 이곳 절강과 복건 등지는 구파뿐만 아니라 오가 등 수많은 문파들이 암투를 벌이고 마교까지 손을 뻗쳤었네! 오히려 정마대전 동안 강남 등지가 강북보다 시끄러웠으면 시끄러웠지, 절대 조용하지는 않았어."

"그런가? 에이, 난 잘 모르겠다. 그렇지 않아도 무뢰배나 다름없는 것들이 정이니 마니 경계선을 나누고서는 한 대(代)에 가까운 시간 동안 치고받고 싸우는 게 꼴값이기만 했는데, 뭘."

"쉿! 이보게나, 말조심해. 만약 강호인이 듣기라도 했다간 자네 목이 달아날지도 몰라!"

"제깟 놈들이 대단하면 대단해 봤자지! 나라는 괜히 있는가? 관청은 무엇에 쓰라고 있는 겐가? 난 그딴 것, 전혀 신경 쓰지 않는다네!"

"헛허! 자꾸 왜 그러나!"

강호라는 세계 따위야 일반 민초들에게는 그저 별세계에

지나지 않는 것이다.

팽무천은 '정이니 마니'라던가, '꼴값'이라는 말 등이 들릴 때마다 몸을 움찔거렸다.

두 사람의 대화는 계속되었다.

"여하튼 말해보게나. 그래, 제천궁인가 하는 것이 장강을 넘어서 대체 무슨 짓을 저질렀기에 그렇게 호들갑인가 그래?"

팽무천은 공력을 돋우어 청력을 더욱 키웠다.

"백염도인가 뭔가 하는 마두 때문에 섬서와 그 주위에 있던 문파들이 뭉치지 않았었나? 그 때문에 제천궁의 북진을 막지 못하고 각 문파들이 빈집털이를 당했었지."

"그거야 강호의 문외한인 나도 아는 소리고. 그 뒤로는 어떻게 되었는가?"

"헛험, 그 사람 강호의 일에 전혀 신경 쓰지 않는다고 해놓고서는 채근거리기는. 여하튼 그 때문에 섬서련을 구축했던 문파들은 저마다 본산으로 돌아가 제천궁을 막으려 했지만 제천궁이 무슨 바보인가? 여전히 거기에 남아 있게. 궁은 그 뒤로 분산되어 있던 병력들을 모아서 주위 문파들을 치기 시작했다는군. 크게 여섯 군(軍)으로 나누어서 말이야."

"여섯 군?"

"육각(六角) 말이야, 육각!"

"그건 또 무엇인가?"

"에이, 이 무식한 놈아!"

두 사람 중 한 명이 고개를 갸웃거리자, 상대편은 버럭 소리를 지르고 말았다.

"무식한 놈이라니! 그깟 일을 모를 수도 있는 거지, 왜 화를 내는 겐가!!'

"제천궁의 육각도 모르면서 자꾸 이야기를 들려달라고 하는데, 내 어찌 답답하지 않을 수 있겠냔 말이네!'

육각이란 북, 장구, 해금, 피리 따위의 한 쌍을 총칭하는 말을 의미한다. 하지만 각(角)은 모서리라는 뜻도 있어서 육모를 의미하기도 하는데, 제천궁에서 육각이란 여섯 개의 모서리, 즉 군(軍)을 의미한다.

"무식한 자네를 위해서 육각에 대해서 살짝 언급하자면 그들은 달리 육악군(六樂軍)이라고도 불리는데, 강남을 석권한 명실상부한 강호제일세이면서도 그에 대한 비밀은 잘 드러나지 않은 당금의 제천궁의 주요 무력 군단이네. 이제 알겠는가?'

청자가 살짝 고개를 끄덕였다.

사내는 다시 한차례 헛험, 헛기침을 하고서 말을 이었다.

"현재 육각은 사천에 둘, 호광에 또 둘, 그리고 강서와 이곳 절강에 각각 하나씩을 보내서 구파와 오가의 각개격파를 노리고 있다고 들었네."

청자는 살짝 골똘히 생각하더니 무언가를 떠올렸는지, 질문을 던졌다.

"그럼 남쪽 구석에 위치한 점창파는 어찌 되는 건가?"

"에휴, 그걸 이제 묻는 겐가? 그래도 거기에까지는 생각이 미치니 영 강호에 문외한은 아니구먼. 점창파는 이미 정마대전을 거치면서 거의 멸문 직전이 아닌가. 거기다 바로 장강을 코앞에 두고 있는 남궁세가 역시 상태가 좋지 않으니 제천궁에서도 거의 신경 쓰지 않는 분위기라고 하더군. 뭐, 그대로 놔두어도 알아서 쓰러질 것이 자명하니 힘쓰지 않겠다는 뜻이겠지."

'흠……'

팽무천은 작게 침음성을 흘렸다.

한 번씩 병기를 내려놓고 보통 노인인 척하고 객잔에 앉아 있으면 간혹 일반 민초들이 강호를 보는 동향 등을 들을 수 있다.

그 가운데에는 거의 근거없는 이야기가 판치지만 간혹 일반 강호인들도 모르는 비밀들이나 비사 등이 흘러나오기도 했다.

그것은 강호를 자신들과는 전혀 다른 별세계로 여기는 민초들이 가지는 주관 및 시야 때문인데, 아무래도 정과 마를 구분하지 않고 객관적인 시야에서 강호의 동태를 지켜볼 수 있는 그들이니 당연하다 할 수 있었다.

지금 역시 그와 다르지 않았다.

강호와는 전혀 상관없는 사람들의 대화를 듣고 있자니 더욱 현 강호의 정세가 머릿속에 잘 들어왔다.

특히나 제천궁의 북진은 꽤나 커다란 사건이었는지, 저들 말고도 객잔 안에 있는 다른 사람들도 입담거리로 제천궁에 대한 이야기를 나누고 있었다.

제이의 정마대전이나 다름없을 남북대전(南北大戰)이 일어날 것 같다느니, 제천궁이 사실 그 짧은 시간 안에 부쩍 성장할 수 있었던 이유는 새외의 개입이 있었다느니 등등 정말로 다양했다.

팽무천이 이래저래 생각을 굴리고 있는데, 소혼이 갑자기 자리에서 일어나서는 계단 쪽으로 가기 시작했다.

"이보게, 한잔 더 하지 않겠나?"

"내일 갈 곳이 멀어 어르신의 술친구는 더 이상 되어드리지 못할 것 같소. 천천히 드시다 올라오시구려."

소혼은 그 말을 끝으로 이층으로 올라가 버렸다.

팽무천은 고흥주를 시원스레 들이켜며 껄껄 웃었다.

"재미없는 녀석 같으니라고. 껄껄."

팽무천도 잘 알고 있었다.

소혼 역시 반 시진 가까이 술을 마시며 민초들의 대화를 듣고 있었다는 것을. 그것으로 강호의 정세를 파악했으리라.

더군다나 이곳 절강은 그의 고향이라고 하지 않았던가.

혹여나 고향의 소식을 들을 수 있을까 하는 생각도 있었겠지.

'아무래도 저 녀석이 할 일은 강호의 정세와 많이 관련이 있는 것 같단 말이지.'

"흠냐, 혼자서 마시려니 술맛이 영 아니군. 나도 그만 올라갈까. 이보게, 점소이. 여기 계산!"

팽무천도 계산을 하고는 소혼의 뒤를 따랐다.

그 때문에 그도 듣지 못했다.

두 사내가 나누는 마지막 뒷말을.

"그런데 남궁세가에서 가주가 갑자기 피살된 채로 발견됐다고 하지 않았던가?"

"그렇다고 들었네. 그 때문에 지금 남직예 사정이 말이 아니라 하더구먼……."

철컥.

소혼은 닫힌 객실 문에 등을 기댄 채로 작게 중얼거렸다.

"귀향(歸鄕)이라……."

*　　　*　　　*

강호에서 살아간다는 것은 여러 가지 의미를 내포한다.

힘이 없다면 죽는다.

적자생존(適者生存)! 약육강식(弱肉强食)!

본디 사람이라면 자신보다 약한 사람들에 대한 동정심과 협(俠)이라는 마음을 가지기 마련이건만, 강호라는 세상은 이런 일반 사람들의 생각과는 궤를 달리한다.

힘이 없다는 것, 가문과 자신을 지킬 힘이 없다는 것, 그것은 곧 죄라 통용되는 사회인 것이다.

아니, 과연 그것을 '사회'라고 규정지을 수 있을까? 하루가 멀다 하고 수십 수백이 죽어나가는 야차들의 세상을 말이다.

하지만 강호라는 세계가 조금은 묘한 점을 가지고 있어서 제아무리 수많은 사람들이 죽어나가도 그보다 많은 사람들이 늘 유입된다는 것이다.

자꾸 물리고 물리는 은원의 사슬이 싫어 금분세수를 한 사람들마저도 종국에는 강호로 돌아와 칼밥 인생을 살다 가기를 원하지 않던가.

눈에 치인다고 칼부림이 일어나기도 하고, 전에는 불공대천의 원수처럼 서로의 목을 노리고 달려들어도 내일에는 평생을 나눈 지기처럼 술 한 잔으로 그동안의 원한을 모두 딜어버린다.

바로 그것일까, 강호가 가진 묘한 점이라는 것이.

하지만 별세계처럼 여겨졌던 강호도 사람이 사는 곳이다. 제아무리 제 무위를 증명키 위해 세상에 나왔다 하더라도 돈이 없다면 살지 못하고 이 때문에 이권에 계속 개입하게 된다.

그 때문에 강호인들은 수많은 파벌을 이루어 자꾸 반목한다.

개중에는 철저한 사승 관계를 고집하는 문파(門派)가 있고, 이권을 위해 뭉친 방회(幇會)가 있으며, 혈연으로 맺어진 세가(世家)가 존재한다.

그 사이에 또 정사중마(正邪中魔)가 있어 수없이 나뉘니, 수많은 대립이 없을 수 없다.

강호는 이렇게 대립과 대립의 역사라 해도 과언이 아닐 정도로 수많은 전쟁을 벌여왔는데, 대표적인 것이 바로 원말의 천룡성 내전과 명초의 천중전란, 또한 삼십 년 정마대전을 꼽을 수 있다.

그리고 칠년지약으로 말미암아 잠시 평화가 찾아온 강호에 새로운 대립이 일어나려 하고 있었다.

장강대란(長江大亂).

사도가 사라지고 무주공산이었던 강남의 대지를 석권한 강호제일세 제천궁이 장강을 넘으면서 시작된 대란.

그것은 강호를 또다시 정마대전에 못지않은 전장으로 몰아넣고 있었다.

휙! 휘휘휘휙!

수없이 날아드는 화살들을 보며 철사보(鐵獅堡)의 수장 철사자검(鐵獅子劍) 막운휴는 이를 갈았다.

'제기랄! 이놈의 화살들은 그 끝을 보이지 않는구나!'

검으로 제아무리 화살들을 쳐내도 눈이 없는 화살은 종종 기막을 뚫고 허벅지를 스치거나, 수하들의 머리를 훑고 지나갔다.

'언제부터 이리된 것일까, 대체 언제부터⋯⋯.'

부족하나마 소싯적의 깨달음이 있어 강호의 우두머리를 자처한다는 신주삼십이객에 속할 수 있었던 그다.

그리고 어렸을 때부터 몸담아 자신을 아버지처럼 여겨주는 문파 철사보를 이끌기도 해서 절강성 내 문파 연합체인 절강무회(浙江武會)의 회주를 맡을 수 있었다.

막운휴는 언제나 전장의 선봉을 맡았다.

자신이 회주라 솔선수범을 해야 하기도 하거니와, 신주삼십이객의 일인이라는 명칭은 절대 도박으로 딴 것이 아니라는 것을 적들에게 가르쳐 줘야만 했기 때문이다.

막운휴와 절강무회가 상대해야 하는 적들은 바로 제천궁이었다. 장강대란을 일으킨 주범 말이다.

절강무회의 적은 바로 그중에서도 육각 중 하나인 태평소전(太平簫殿)이었다.

처음에는 초절정고수에 부족하지 않은 막운휴의 활약에 힘입어 절강무회가 승기를 얻었다. 비교적 밀리고 있다 하는 다른 성들과 달리 우위를 가지고 있으니, 어쩌면 태평소전을 이길지도 모른다는 생각을 가졌다.

하지만 그것은 큰 오산이었다.

분명 전체적인 무위에서는 절강무회가 태평소전을 압도할지 모르나, 태평소전은 절강무회와는 달리 그들이 가진 비장의 한 수를 내놓지 않았다.

그리고 그 한 수가 나왔을 때에… 절강무회는 참담한 패배를 겪어야 했다.

막운휴와 그가 보주로 있는 철사보가 선봉에 선 절강무회의 최고 무력 부대, 사무단(獅武團)은 태평소전을 꺾을 수 있다는 생각에 그들을 밀어붙이고 있던 도중 회계산(會稽山)에서 기습을 받아 대패를 겪고 말았다.

도합 사백 명의 정예로 이루어졌던 사무단원 중 기백이 목숨을 잃고 단 서른 명만이 살아남아 도망칠 수 있었다.

하지만 한번 승기를 잡은 태평소전이 이를 가만히 두고 볼리 만무했다.

어쩌면 절강무회의 최고수인 막운휴를 척살할 수 있을지모른다는 기대감에 태평소전은 추격대를 편성해 그들의 뒤를쫓았다.

이 때문에 시작되었다.

장장 수백 리나 되는 추격전이……

막운휴와 패잔병들은 관도로 향하지 않고 방향을 꼬아 적들을 방황시키면서 상우(上虞) 쪽으로 향했다. 운하가 있는 곳에서 싸울 수 있다면 비교적 수전에 약한 모습을 보이는 추격대를 따돌릴 수 있을지도 모른다는 생각에서였다.

'하지만 그것도 북쪽으로 이동할 수 있다는 전제하에서 내릴 수 있는 결론. 이대로라면 위험하다.'

막운휴는 다시 이를 바득 갈면서 날아오는 화살들을 쳐냈다.

태평소의 추격대가 쏘아대는 철시(鐵矢)와 강전(强箭)의 위력은 너무 대단해서, 고수인 그가 펼치는 호신기로도 튕겨내지 못할 때가 많았다.

신주객에 포함되는 막운휴가 그러할진대 그보다 떨어진 실력을 지닌 이들은 어떠할까.

"아악!"

"소환아!"

"컥!"

"칠재야!"

단 한순간이었다. 다른 단원을 구하려는 사이에 눈먼 화살들이 수하 두 명의 몸에 꽂혔다. 한 명은 목에 꽂혀 즉사. 다른 한 명은 왼쪽 가슴에 맞았는데, 다행히 심장은 비켜간 듯했으나 과다출혈로 죽을 것이 분명했다.

"회주… 아니, 보주님!"

철사보원으로서 막운휴를 따라 사무단에 들었던 칠재는 이제 마지막을 고하려 하고 있었다.

막운휴가 재빨리 그의 왼쪽 가슴에 박힌 화살을 뽑아 꾸역 꾸역 흘러나오는 피를 억누르고자 했다. 하지만 지혈을 시도하면 시도할수록 피는 더욱 철철 흘러넘쳤다.

"그… 만하십시오. 저는 이미… 틀렸습니다."

"아니다! 너는 무적철사보의 무인이자 대사무단의 단원이다! 절대 이리 죽을 수 없다! 아니, 죽는다 하더라도 내가 절대 허락지 않을 것이다!"

"큭! 말이라도 그렇게… 해주시니 고맙… 습니다."

"아무 말 말거라. 지금 내 손이 바쁜 것이 아니 보이느냐?"

"보주께는 죄송한 말이지만… 우리 영아 부탁드립니다. 그래도 저 하나 믿고 여기까지 온 아이인데… 혼인식 삼 일 앞두고 전장에 참가한 못난 저… 를 끝까지 사랑한다 해주었던 아이입니다… 사랑했다고. 그 말 한마디만 전해주시면 됩니다……."

그가 말하는 영아라는 이름의 여인은 바로 막운휴의 금지옥엽 같은 딸이었다. 막운휴에게 칠재는 기특한 제자이자 사위였던 것이다.

"아니 된다! 너를 이곳에 두고 어찌 영아에게 그런 말을 할 수 있단 말이냐. 네가 전하여라. 나는 말 못한다. 이곳에서 살아남아서 네가 직접 말하란 말이다!"

"이미… 아시지 않습니까? 저… 는 틀렸다… 는 것을……."

"아니! 너는 살아날 수 있다! 내가! 내가 그리 만들 것이다!"

"영아를… 잘 부탁드립니… 다."

칠재는 그 말을 끝으로 고개를 옆으로 돌렸다. 툭, 하고 힘없이 떨어진 그의 손은 여전히 따스했다.

막운휴는 칠재의 죽음 앞에서도 절대 눈물을 흘리지 않았다. 그저 묵묵히 손으로 칠재의 두 눈을 가려줄 뿐이었다.

"회주! 더 이상 버티지 못합니다. 지금이라도 당장 이곳을 벗어나야 합니다!"

처음 회계산을 탈출할 때 살아남았던 단원의 숫자는 서른 명을 조금 넘겼다.

그런데 지금 주위를 둘러보니 열도 채 되지 않은 것 같다.

'모두… 칠재처럼 죽은 것인가.'

하늘을 바라보았다. 우라지게도 맑은 하늘이었다. 소중한 단원들과 제자들이 죽었는데 자신은 이렇게 구차하게 살아 있다 생각하니 울컥거렸다.

회계산에서 탈출할 때 생각했다.

월(越)의 구천과 오(吳)의 부차 간에 있었던 고사를 잊지 않겠다고 다짐했다. 필시 이때의 치욕을 잊지 않고 되갚아주리라 생각했었다.

그런데 모두 허사가 되어버린 듯했다.

점점 추격대의 포위망은 좁혀져 오고 있다. 자꾸만 빼곡하게 늘어나는 화살들의 숫자가 그것을 증명하고 있었다.

추정키로 추격대의 숫자는 일백. 열도 남지 않은 숫자로 그들을 이기기란 요원하다. 아니, 그가 홀로 추격대를 상대한다 하더라도 추격대에는 그가 있다.

태평소전이 그동안 숨겨두었던 비장의 한 수. 숨겨둔 패(牌)가 바로 저곳에 있었다.

"회주!!"

자꾸만 이곳을 돌파해야 한다 외치는 단원들.

"좋습니다. 회주께서 일어나실 생각이 없으시다면 저라도 길을 뚫겠습니… 컥!"

단원 중 한 명이 돌아서서 적들을 돌파하겠다고 외치던 그때, 무언가가 그의 머리를 훑고 지나갔다.

퍽!

친우의 머리가 수박처럼 으깨지는 것을 지켜봐야만 했던 수하들은 검파를 꽉 쥐며 외쳤다.

"어디냐!"

"누구… 으아아악!"

그러나 그들의 몸에도 둥그런 무언가가 박혀들었다. 퍽! 퍽! 그 짧은 소리와 함께 도합 다섯 명의 신형이 맥없이 주저앉았다. 이제 사무단의 생존자는 막운휴를 포함해 네 명.

수하들의 갑작스런 죽음을 지켜보던 막운휴의 눈동자가 쉴 새 없이 흔들렸다.

분명 수하들을 죽음으로 내몬 그 둥그런 것의 정체를 알아 챈 탓이었다.

"강환… 그렇다면……?"

"오랜만이구나!"

"염정(廉貞) 구양극……!"

풀숲을 가로지르며 추격대가 모습을 드러냈다. 강전을 매단 석궁을 든 이들의 숫자만 물경 백이다. 조금이라도 수상한 행동을 보인다면 시위를 당기겠다는 무언의 압박임에 틀림없었다.

그리고 그 추격대 중심에는 한 노인이 서 있었다.

제법 거리가 있음에도 노인이 내뿜는 패기는 전장을 압도했다.

차대의 절대고수 후보라 불리는 신주삼십이객의 일인인 막운휴에게도 까마득한 태산으로 보이는 자.

막운휴는 상대를 잘 알고 있었다.

무려 백 년 이상의 세월을 살아온 칠성(七星)의 그림자. 이제는 전설이 되어버린 옛날의 절대고수.

"옛날에 잊혔던 이름을 무에 쓸꼬? 지금은 진사(振師)라는 번듯한 명칭을 가지고 있는데 말이지."

노인은 막운휴를 향해 씩 미소를 지었다.

제천궁이 보유한 네 명의 절대고수 중 한 명으로, 달리는 진사라고도 불리며, 홀로 막계산에서 식후 운동거리처럼 간

단히 사무단 단원들 절반 이상의 목을 날려 버리기도 했던 이
의 등장이었다.

강호에 드리운 어둠의 그림자는 절강에도 여지없이 찾아
왔다.

第五章
남북대전

神刀無雙
신도무쌍

남북대전(南北大戰)!

누구의 입에서부터 시작되었는지 모른다. 하지만 그 명칭은 곧 바람에 실린 민들레 홀씨처럼 강호 전역에 퍼졌다.

당금의 강호 정세를 그보다 잘 표현해 주는 말은 어디에도 없기 때문이었다.

제천궁의 북진과 이를 제지하기 위한 강북의 문파들 간에 벌어진 싸움.

물론 제천궁이라고 해서 무조건 강남에만 터를 닦은 것이 아니고 강북에도 일부 영향권이 존재하며, 강남에도 구파와 오가 중 일부가 존재해 그들은 서로 맞물리는 형태를 이루고 있다.

구파와 오가의 대부분 기틀이 강북에, 제천궁의 세력은 강남에 중점을 이루기 때문에 무엇이든 이름 붙이기 좋아하는 호사가들이 그리 말하는 것뿐이다.

하지만 강호의 수많은 호사가들도 강호의 수많은 분쟁 중 그 어느 것도 쉽사리 '대전(大戰)'이라는 말은 붙이지 못한다.

그 자체로 칼밥 인생들의 사회라 할 수 있는 강호에 있는 주요 분쟁들을 모두 대전이라 한다면, 대부분의 싸움들을 모두 대전이라 해야 옳을 것이다.

호사가들이 '대전'이라 이름 붙이는 것은 커다란 세력과 또 다른 커다란 세력의 충돌을 말한다.

가까운 예로는 천중전란과 정마대전을 말할 수 있을 것이다.

그리고 제천궁의 북진을 가리켜 '남북대전의 시발점'이라고 말하는 것 또한 이러한 관점에서 시작되었다.

강호를 피로 물들일 싸움.

그것이 바로 대전인 것이다.

'그리고 이것은 본격적인 남북대전이 시작되기 전에 나타나는 분쟁 중 일부에 지나지 않고 말이지.'

막운휴는 부들부들 떨리는 다리를 정신력으로 억누르며 애검을 지팡이 삼아 자리에서 일어났다.

'지금은 난세(亂世)다. 이 어지러운 시대에서 나는 살아남아야 하는 것이다.'

잠시 안으로 움츠러들었던 눈빛이 다시 한 번 광망한 기세를 내뿜자, 사무단의 생존자 세 명은 막운휴를 중심으로 검진을 갖췄다. 절대 이곳에서 허무하게 무릎 꿇지 않겠다는 결사항전의 의지였다.

"아버지의 은사라 할 수 있는 당신이 어째서 그런 패악한 무리들과 함께하고 계시는지 모르겠소."

제천궁을 수호한다는 십천사에 대한 것은 철저한 비밀에 붙여져 있다. 그런 십천사의 일원인 진사의 정체를 막운휴가 알고 있는 것은, 전대부터 이어진 진사와의 인연이 절대 얕지 않은 탓이다.

"내가 네 아버지의 은사라는 것과 내가 제천궁에 몸을 담고 있는 것이 무슨 상관이란 말이냐?"

진사가 장난스럽게 웃으며 물음을 던지자, 막운휴는 약간 화가 난 기색으로 외쳤다.

"모르시겠소? 제천궁은 천하 패도를 외치는 사마의 무리지 않소!"

"사마의 무리라… 글쎄다. 이 나이쯤 되면 말이다. 그깟 정이니 마니 하는 것은 다 부질없게 보인단 말이다. 차라리 극패를 추구하는 제천궁이 당연하게 보인단 말이지."

"그 때문이오?"

"무엇이?"

"아버지의 호의를 거절하고 본 보와 회를 치려는 이유가!"

진사는 미소를 흘렸다.

"내가 제천궁을 도와주는 이유는 다른 데에 있지만…….
뭐, 너에게까지 일일이 설명할 이유는 없지 않느냐?"

막운휴의 눈동자에서 불똥이 튀었다. 옛 인연을 중시하지
않는 그의 모습에서 화가 치민 탓이었다.

"호오?"

진사 구양극은 막운휴의 눈동자에 이글 타오르는 투지를
읽고 꽤나 놀랐다. 녀석의 아버지 때부터 느꼈던 것이지만,
이 핏줄… 꽤나 마음에 든다. 재능도 있고, 무엇보다 투지가
마음에 쏙 들었다.

"맘에 드는구나."

"무슨 뜻이오?"

속을 알 수 없을 말. 하지만 진사의 속내는 간단했다.

"너, 내 수하가 되고 싶은 마음 없느냐? 네게 가로막힌 벽,
내가 뚫어주겠다."

막운휴의 눈동자가 살짝 흔들렸다. 진사의 말뜻을 이해 못
할 리 없는 것이다.

'그렇게 쉽게 뚫을 수 있단 말인가? 절대위라는 벽이?'

강호인이 되어서 가장 바라는 것이 있다면 더욱 높은 경지
에 대한 갈구일 것이다. 그것은 초절정의 경지에 오른 막운휴

도 다르지 않았다.

다른 사람들이 말했다면 미친 소리로 치부했을지 모르되, 그 말을 한 사람은 바로 진사다. 이미 백 년 전부터 절대고수였던 자. 그런 이가 하는 말이라면 진실일 것이다.

지난 십여 년간 막운휴의 앞을 가로막아 왔던 벽. 어떻게든 뛰어넘고 싶으나, 시도는커녕 자신의 발목부터 묶어버리던 그 까마득한 벽을 넘게 해준다고 한다.

하지만 눈빛이 흔들리던 것도 잠시. 막운휴는 고개를 저으며 뇌리를 가득 메우던 욕심을 털어버렸다.

진사는 유혹을 뿌리치는 막운휴의 모습이 더욱 마음에 든 듯했다. 감탄하는 기색까지 보였다.

"보면 볼수록 물건이구나! 내 제의가 끌리지 않나 보지? 네 아버지와의 인연도 특별히 생각해 내 너를 중히 여길 것이야."

"…제의가 끌리지 않다면 거짓일 것이오. 하지만 나에게는 그보다 더 소중한 것이 있소."

"그게 무엇이냐?"

"나를 믿고 따르던 수하들의 안위와 그들의 원한!"

사실 아버지의 호의를 거절했다는 것은 신경 쓰지 않았다. 하지만 사무단 백 명의 죽음만큼은 달랐다.

"네가 가진 수많은 인연의 사슬이 너의 진보를 십 년 이상이나 가로막고 있는데도 말이냐?"

다시 한 번 막운휴의 눈동자가 흔들렸다.

"자신를 잊고[忘我] 또한 모든 것이 허망하다는[妄物] 것을 알아야만, 너의 비상을 억누르고 있는 그 무거운 것을 내려놓을 수 있을 것이다. 나를 따라라. 너의 발목을 옥죄고 있는 사슬을 끊어주겠다. 내게 염정이라는 이름을 준 것들도 모두 주겠다. 어찌하겠느냐?"

막운휴는 고개를 저었다. 그저 애검 흑사(黑獅)의 검파를 강하게 쥘 뿐.

"나를 높게 평가해 주는 것은 고맙소. 하지만 나는 철사보와 절강무회의 사람. 결코 원수인 제천궁의 사람이 될 수 없음이니!"

진사는 고개를 가로저었다.

"내가 속한 곳은 제천궁 따위가 아니다. 보다 크고 넓은, 오로지 무의 극을 위해 달리는 절대자만이 있는 무인들의 이상향, 상대(上代:유토피아)다. 세속을 잊었던 내가 다시 세속에 나온 것은 너와 같은 인재를 찾기 위함이었으니."

"그 어떤 감언이설로 설득한다 하여도 나의 대답은 다르지 않을 것이오!"

"아깝구나, 정녕 아까워……."

진사는 혀를 끌끌 찼다. 어째서 저리도 미련한 것인지. 모든 것을 잊을 때에야 비로소 모든 것을 가지게 된다는 것을 어찌 모르냔 말이다.

"어쩔 수 없구나. 그래도 내 네가 마음에 들었음이니, 너의 목숨만큼은 내가 직접 취해주겠다."

"가르침, 부탁드리는 바이오."

"오너라!"

"그럼 사양치 않고!"

팟!

발을 한차례 구르니, 막운휴의 신형이 미끄러지듯 빠른 속도로 쏘아졌다. 절대위의 고수나 펼칠 수 있다는 이형환위에 비할 바는 아니었지만 역시나 무시 못할 빠른 몸놀림이었다.

"좋구나!"

진사는 미소를 지으며 막운휴의 흑사검을 상대했다.

채챙!

흑사검의 진로를 가로막자 경쾌한 쇳소리가 들렸다.

진사의 오른손에는 어느덧 검 한 자루가 쥐어 있었다. 수증기처럼 뿌옇게 흐려 있어 일정한 틀을 가지지 않았음에도, 일견에 '아, 검이다!'라고 절로 탄성이 나오는 정체를 알 수 없는 기병이었다.

기검(氣劍), 달리는 무형검(無形劍)이라고도 불리는 심검(心劍)의 초입 단계였다. 의기상형의 극의를 이룬 입신에 다다른 자만이 펼칠 수 있는 검이었다.

그 자체로도 강기의 집합체라 할 수 있기 때문에 웬만한 보검이나 강기를 검에 두르지 않는 이상에는 부딪치는 것도 불가능했다.

　미약하게나마 기의 본질을 깨달아 강기를 사용할 수 있는 막운휴이기에 진사와 일검을 나눌 수 있었던 것이다.

　챙!

　하지만 그러한 생각들은 막운휴의 머릿속에 담겨 있지 않았다.

　그의 뇌리를 가득 메우고 있는 것은 하나. 어떻게 하면 진사를 따돌리고 남은 수하들을 데리고 이곳을 무사히 빠져나갈 수 있느냐였다.

　하나, 그 생각은 오래 지속되지 못했다.

　진사가 어느덧 광풍처럼 칼을 휘두르며 막운휴를 밀어붙이기 시작한 것이다.

　퍼퍼펑!

　강기와 강기가 부딪치면 늘 발생하고 하는 폭발음이 사방을 가득 메웠다.

　진사가 소싯적에 완성시켰다는 무일양검식(無逸洋劍式)의 검파(劍波)는 쾌활하면서도 매서워, 마치 해일을 일으키는 바다와도 같았다.

　무일양검식의 후초식이 자꾸만 모습을 더해갈 때마다 막운휴의 손도 절로 어지러워졌다.

　'이대로라면 당한다!'

　막운휴의 얼굴 위로 다급한 기색이 스치는 순간!

진사의 기검이 너무나 간단하게 철사검식의 맹점을 찔러 들어왔다. 그 속도가 얼마나 빠르던지 막운휴의 기감이 미처 따라잡지 못할 정도였다.

휙!

챙!

초절정고수의 기감은 탁월하다. 막운휴는 본능에 가까운 움직임을 펼쳐 철판교의 수법으로 허리를 최대한 뒤로 눕혀 기검의 마수에서 벗어날 수 있었다.

하지만 초절정의 기감이 탁월한 만큼 절대고수의 손속은 더욱 매서운 법이니.

부우우웅!

여태껏 비어 있던 진사의 왼손이 쫙 펴지더니 있는 그대로 장인을 찍어왔다. 무일양장(無逸陽掌)이었다.

'피할 수 없다!'

막운휴의 얼굴 위로 다급한 기색이 어렸다.

"모두 준사(準射)!"

추격대 백 인 중 대주로 보이는 이가 준비 신호를 내렸다. 처처처척! 하는 소리와 함께 도합 백 개의 석궁이 한 지점을 겨누었다.

"쏴라!"

슈슈슈슈슛!

하늘을 빼곡히 메울 만큼 수많은 화살비가 진사와 막운휴, 그리고 사무단 생존자 삼 인이 있는 곳을 뒤덮기 시작했다.

*   *   *

소혼 일행은 다음날 마시장에서 마차를 한 대 구입했다.

항주까지 가는 데에 걷게 되면 시간이 많이 걸릴 것이고, 경공을 펼치기엔 또한 어중간하다는 이유 때문이었다.

물론 소혼 역시 나쁘지 않다고 생각했다.

괜히 편한 방법을 놔두고 고행을 한답시고 걷고 싶은 마음은 없기 때문이었다. 소혼에게는 마교를 떠나올 당시 혁리빈현이 챙겨준 돈이 적지 않게 있었고, 다른 일행들 역시 달리 말할 필요가 없었다.

마차를 타고 이동하면서 마을이 나타나면 객잔에서 잠을 청하고, 그렇지 않으면 노숙을 했다. 그렇게 사흘이라는 시간이 흘렀을 즈음이었다.

봄은 어느새 가고 여름이 오기 때문일까.

비교적 남방에 위치한 절강의 더위는 조금 심했다. 그나마 나은 점이라면 절강성 옆으로 바다가 있고 그들이 있는 곳에서 얼마 떨어지지 않은 곳에 운하가 있어 더위가 덜하다는 점이었다.

녕파(寧波)를 지나던 도중 일행은 관도에서 잠시 멈추어야 했다.

정체를 알 수 없는 두 남녀가 그들의 앞을 막은 탓이었다.

여인은 얼굴에 면사를 쓰고 있었는데, 바람에 흩날려 하늘거리는 것이, 꽤나 미인임에 분명해 보였다. 남자는 그런 여인의 호위무사 정도로 보였다. 우락부락한 큰 근육을 자랑하는 칠 척 거한이었다.

마부석에서 세월아 네월아 말을 몰고 있던 팽무천이 고개를 갸웃거렸다.

'어디선가 본 듯한데?'

하지만 쉽게 떠오르지 않는 것이, 마치 진실을 안개로 가린 것 같았다.

'이 나이에 벌써 노망이 들었나……'

팽무천이 별 시답지 않은 고민을 하고 있을 때, 여전히 앞길을 막고 있는 두 남녀 중 여인이 입을 열었다.

"오랜만이네요. 한 달 만인가요, 벽도 어르신?"

"나를 아는가?"

"어머, 저희를 벌써 잊으신 건가요? 어르신과 저, 꽤나 좋은 시간을 보냈다고 생각했는데."

한 달 전? 좋은 시간? 뒤로 가면 갈수록 짐작할 수 없는 말에 팽무천은 골머리를 쥐어짰다.

"으음? 떠오르지 않는구나!"

"풋, 어르신은 여전하시네요. 드넓은 중원 한복판에서 한

달 만에 이렇게 다시 만나게 된 것도 인연이라면 인연인데, 소흥(紹興)까지 동행할 수 있을까요?'

"잘 달리다 말고 갑자기 왜 멈춰요, 할아버지?"

마차 안에서 조용히 휴식을 취하고 있던 팽시영이 창문 밖으로 불쑥 얼굴을 내밀었다.

"누가 앞길을 막고 있어서 말이다. 소흥까지만 태워 줄 수 있는지 묻는구나."

"네?"

"그리고 한 달 전에 만난 적이 있다고 하는데, 도통 기억이 나지 않는구나. 혹여나 네가 아는 얼굴이냐?"

"……?"

팽시영은 살짝 아미를 찌푸렸다. 동행이면 동행이지 한 달 전에 만난 적이 있다는 말은 또 무엇이란 말인가.

팽시영은 동행을 위해 사기를 치는 것이라면 크게 혼을 내주겠다고 다짐하며 앞쪽으로 시선을 돌렸다. 그리곤 이내 크게 경직되었다.

"……!"

"엥? 네가 아는 얼굴이냐?"

"할아버지… 바보죠?"

"갑자기 그 말이 왜 나와!"

"어떻게 불과 한 달 전에 만났던 사람들을 어떻게 잊을 수가 있어요!"

"뭐가?! 그럴 수도 있는 거지! 이 나이가 되어봐라! 언제 아침밥을 먹었는지 기억이 나지 않아서 나도 모르게 또 밥을 먹게 되는 나이다, 이놈아!"

"그런 것은 할아버지보다 나이가 적은 사람들 앞에서 해요! 저분이 들으시면 얼마나 웃기겠어요?!"

팽무천의 아미 사이로 골이 파였다. 그 말인즉슨 저들 중에 자기보다 나이가 많은 사람이 있다는 뜻이었다.

마차 앞에 있는 두 남녀는 젊었다. 특히 남자의 경우는 험상궂게 생겨 본래 나이보다 더 들어 보이긴 했어도… 응? 본래 나이?

'헉!'

팽무천은 그제야 무언가를 떠올렸는지 팽시영보다 더욱 확연하게 석상이 되어버렸다.

고장 난 태엽인형처럼 힘들게 고개를 옆으로 돌리자, 예의 그 여인이 싱긋 미소를 지으며―면사로 가려져 있지만 목소리가 웃고 있었다―말했다.

"이제 기억나셨어요, 어르신? 저 하아예요, 하아."

갑자기 동행이 되어버린 두 남녀.

처음 구입했을 때부터 제법 큰 육인용 마차를 구입한 까닭에 마차 안은 좁지 않았다. 다만 소혼과 이하영으로 말미암아 어색한 기류가 더욱 깊어졌을 뿐이었다.

팽시영은 살짝 한숨을 내쉬었다.

'우연이라고? 이 드넓은 강호에서?'

힐끗 도둑눈으로 그들을 훔쳐보았다.

어느새 면사를 거두고 빙긋빙긋 웃고만 있는 하아라는 여인과 한 시진째 차가운 표정을 고수하며 미동도 하지 않는 사내, 축융화신 이패.

저들과의 동행은 전혀 예상치도 못했던 일이다.

하아라는 여인은 자신들과 만나게 된 것이 우연이라고 말했다.

소흥까지 가야 하는데 걸어서 가기에는 너무 먼 듯해 마차를 구하려던 중에 만나게 된 것뿐이라고.

"정말 우연이란 말이죠? 정말?"

"네. '우연'이에요, '우연'."

저렇게 한껏 미소를 짓고 답하는데 무엇이라 따질 수 있을까. 팽시영은 결국 저들의 의도를 간파하는 것을 포기했다. 다만, 그 저의를 정확하게 알 수 없으니 경계는 절대 풀지 않았다.

소혼은 사흘 내내 분천도를 품에 안고 밖을 구경하던 모습을 탈피했다. 무심한 얼굴로 이패를 보았다. 이패 역시 소혼을 빤히 쳐다보았다.

"저건 또 무슨 짓이래?"

팽시영은 둘의 모습을 보며 얕게 중얼거렸다.

강자는 강자를 알아본다고 했던가.

서로를 쳐다보는 그들의 눈빛은 무심하기만 했다. 그러나 한 번씩 눈동자에서 번뜩이는 광망은 분명 무인이라면 누구나 가지고 있는 진한 호승심이었다.

소혼도 이패도 겉으로는 고수의 분위기가 전혀 나타나지 않는다. 하지만 저만큼의 경지에 다다르면 상대를 판단하는 눈이 생기는 법이다.

"이름이 무엇인가?"

이패가 가장 먼저 입을 열었다.

굵직한 중저음의 목소리는 사람의 혼벽을 긁는 듯한 느낌을 낳았다.

하아의 눈동자에 살짝 이채가 서렸다.

간만에 이패가 말문을 연 것이 흥미를 끌게 만들었다.

"소혼이라 하오."

"들어본 적 없는 이름이다."

"강호에 나온 지 얼마 되지 않았소."

"그런가?"

"그렇소."

"당신의 이름은 무엇이오?"

"축융 이패라 한다."

"그렇구려."

"……"

"……."

몇 마디 나누지 않았던 대화는 곧 다시 적막 속에 가려졌다.

하아의 입가에도 쓴웃음이 번졌다.

간만에 이패의 호기심을 이끈 존재가 나타나 재미있었는데 말이다. 상대 역시 이패에 못지않게 무뚝뚝한 남자였던 모양이다.

'이러니 대화가 이어질 리가 없지.'

하지만 소혼에 대한 그녀의 흥미가 식은 것은 아니었다.

'백염도가 화랑이 관심을 가질 만큼 실력을 지녔단 말이지? 그렇다는 것은 곧 그가 가진 무위가 내가 생각했던 것 이상이라는 건데…….'

하아는 소혼의 정체를 꿰뚫어보고 있었다.

애초에 백염도에 대해 크게 관심을 가지고 있던 팽무천이 데리고 다니는 절대고수라 한다면 꼽을 만한 사람이 하나밖에는 없었다.

더군다나 그녀가 이패를 데리고 팽무천 일행과 만난 것은 다른 이유가 있지 않다. 바로 백염도를 만나기 위해서였다.

그녀라고 어찌 바쁜 일이 없지 않을 수 있을까. 회의 삼공녀로서 수행해야 할 일도 있고, 그녀가 꿈꾸는 이상향 건설을 위해서 몰래 해야 할 일도 있다.

절강에 온 이유도 그 때문이다.

이곳에서 긴히 해내야만 할 일이 있었기에…….

그러던 찰나, 백염도 일행이 이곳을 지나고 있다는 것을 듣게 되고 그들을 만나야겠다는 생각을 가진 것은 근래에 들어서였다.

하아가 생각한 백염도의 본래 가치는 장기판의 차(車).

차처럼 앞으로만 쭉 날아가 장기판 전체를 뒤흔드는 역할로밖에 비치지 않았다.

그 때문에 구파들 사이사이에 흐르는 정보에 손을 대서 백염도와 직접적인 충돌을 하게 만들었던 것이다. 섬서련도 그 와중에 탄생된 결과물 중 하나였다.

최대한 정파와 백염도를 부딪치게 해서 강호를 혼란으로 몰아넣을 속셈이었다.

그런데 여기서 하아는 계획했던 것 중 다수가 어긋났다는 것을 뒤늦게 깨달았다.

그리고 그 다수의 중심에는 바로 백염도가 있었다.

백염도에 대한 평가가 너무 절하되었던 것이다.

수라마검을 꺾었다는 사실을 알 때까지만 해도 그녀의 백염도에 대한 평가는 상하(上下)였다. 절대위에서도 하급이라는 뜻이었다. 자신보다는 약하지만, 절대고수이니 강호를 뒤흔들기에는 충분하다 싶어 그를 장기 말로 택하게 되었다.

질풍행로 도중에 구양 능윤해나 의검선, 굉음벽도 팽무천 등과도 그렇게 해서 조우시켰다.

백염도가 그들을 상대로 이기든 지든 간에 분명 강호가 떠들썩해질 것은 분명했다. 후에 그녀가 생각했던 만큼 강호가 혼란스러워졌다 싶을 때에 그를 처리할 생각이었다.

그런데 백염도는 그들을 모두 물리쳤다.

족히 백 년을 넘게 살아온 괴물 구양을 꺾었고, 의검선을 쓰러뜨렸다. 더군다나 다른 충돌이 벌어지리라 예상했던 팽무천과는 대결은커녕 동료가 되어버렸다. 판단 착오였다.

여기에 오공자 경태가 제천궁을 갑자기 움직이기까지 했다. 이 때문에 강호는 그녀가 예측했던 것보다 더 이상한 방향으로 흘러가 버렸다.

애초에 그녀 혼자서 짜놓았던 계획이었기에 결국 계획은 전면부터 다시 수정해야 했다.

'그 때문에 계획을 많이 바꿔야만 했어. 백염도, 이자 때문에. 백염도… 하루가 무섭게 강해지고, 어느 방향으로 튈지 모르는 튀개와 같은 존재야.'

또한, 백염도에 대한 생각을 더 크게 바꾸게 만든 사건이 하나 디 있었다.

누군가가 그녀에게 해준 말 때문이었다.

"그 녀석을 한 번 만나봐. 네가 원하는 것을 얻을 수 있을지도 모르니까."

그 말뜻은 천하의 하아로서도 아직 이해 못할 말이었다. 하지만 한 가지만은 확실했다. 백염도에게는 그녀가 모르는 무언가가 있다는 것.

백염도의 정체가 마교의 전 소교주라는 것쯤은 잘 알고 있다. 신주삼십이객 사도수가 절대고수 백염도가 될 수밖에 없던 이유 또한 말이다.

결국 그녀의 머릿속을 가득 메우는 것은 하나였다. '과연 그가 말하고자 하는 게 무엇일까?'

몇 번이고 생각해 보아도 나올 답이 아니었다. 결국 어쩔 수 없이 정보망을 통해 그들이 지날 곳을 선점해서 이렇게 같이하게 되었다.

지금 하아가 진성의 저의를 알기 위해서는 최대한 백염도에 대해 많은 것을 알아야만 했다.

복수를 위해 움직인다는 등의 일은 일찍이 잘 알고 있으니 신경 쓸 바가 되지 못했다. 다른 정보가 필요했다.

'무공을 전폐당했던 그가 어떻게 삼 년 만에 무공을 되찾는 것으로도 모자라 절대고수가 될 수 있었지? 그리고 어떻게 그 짧은 시간 동안 이리 강해질 수 있는지도. 모두 수수께끼야.'

하아는 그가 했던 말 '백염도에 대한 비밀'을 '빠른 시간 내에 성장할 수 있는 비밀'로 추론했다.

이 비밀을 알기 위한 방법은 하나다.

전투.

그의 싸움을 옆에서 지켜보면 된다. 그가 강호에 있는 한 늘 분란이 끊이지 않으리라는 사실 따위는 너무나 잘 알고 있다. 하나, 그것만으로는 부족했다.

"두 사람, 그렇게 무언(無言)으로만 호승심을 드러내지 말고 직접 비무를 해보는 건 어떠세요?"

소혼과 이패는 여전히 상대를 향해 투기를 감추지 않고 있었다. 그걸 모를 하아가 아니었다.

그런 그녀의 말이 꽤나 마음에 들었는지, 소혼의 눈동자 위로 한가닥의 이채가 흘러갔다. 만독자와의 싸움 이후 부쩍 늘어난 자신감의 발로였다.

이패 역시 소혼이 내딛은 경지가 상상 이상이라는 것을 은연중에 깨닫고 있었다. 사패의 존재 목적은 비무와 실전을 통한 무(武)의 현현(顯現)이다. 의검선과 팽무천도 아래로 여기는 그에게는 남은 평생을 통틀어 몇 번 마주치지 않을 기회임에 틀림없었다.

"난 좋다."

"나 역시 물러날 생각은 없소."

소혼이 한쪽 입꼬리를 말아 올리며 웃었다.

이에 마차 안은 두 사람의 진한 투기로 가득 메워졌다.

숨막힐 만큼 두 사람의 기운은 진한 밀도를 자랑했다.

"소혼! 제정신이에요?! 지금 저분이 누구인지 알고 그러는 거예요? 저분은……!"

팽시영이 화들짝 놀라 소리쳤지만, 소혼은 그녀의 말꼬리를 확실하게 잘랐다.

"나는 절대 걸어오는 싸움은 피하지 않소."

"그런……!"

그 순간 이패의 기운이 더욱 진해졌다. 이패는 싸늘한 어조로 입을 열었다.

"이 일은 나와 저 청년의 것. 타인의 간섭은 용납치 않겠다."

우우우우…….

점차 진해지는 기운에 팽시영과 이하영은 결국 참다못하고 창밖으로 얼굴을 내밀었다.

히히히히힝!

말들 역시 그 기운에 놀란 듯했다. 푸드덕거리는 것이 화들짝 놀란 게 분명했다.

잘 달리던 마차가 멈춰 세워지며, 앞쪽 문이 벌컥 열렸다.

팽무천 역시 두 사람의 투기를 읽었으리라. 한쪽 얼굴이 살짝 찌푸리고 있는 것이, 이 상황이 마음에 들지 않는 듯했다. 하지만 그의 인상은 곧 온데간데없이 사라지며 웃음이 입가에 남았다.

"껄껄! 그거 재밌겠소이다. 떠오르는 샛별 백염도와 구십 년 먹고도 도리어 젊어져 버린 괴수 이화패군의 비무라니. 내가 참관인이 되어도 되려나?"

"할아버지! 지금 말릴 생각은 하지 않고 무슨……."

"굉음벽도 어르신이 참관인이 되어주신다면 고맙죠! 그렇죠, 화 랑?"

하아는 팽시영의 의견을 단박에 찍어 눌렀다. 이미 마음이 기울어 버린 팽무천은 손녀의 말도 듣지 않고, 하아를 보며 싱긋 미소를 지었다.

팽시영은 어이가 없어 다시 무어라 말을 하며 이 일을 말리고자 했다. 비무를 겨루는 것은 그녀가 상관할 바가 아니다. 하지만 상대가 문제였다. 고천사패의 이패라니!

팽시영의 머릿속에는 자칫 소혼이 다치거나 죽을지도 모른다는 생각으로 가득 찼다. 다른 사람이라면 모른다. 하지만 상대가 이패라면 말이 다르다.

여태껏 보았던 이패의 성정으로 보아서 이번 비무는 말이 좋아 비무지, 실전이나 다름없을 터였다.

하나 '괜찮죠, 화 랑?' 이라고 묻는 하아의 물음에 이패가 고개를 끄덕임으로써 팽시영은 디 이상 아무런 말도 하지 못했다.

"마침 지금 밖에 비무를 하기에 딱 좋은 장소가 있구려. 껄껄껄!"

일행은 곧 마차에서 내렸다.

소혼과 이패는 저벅저벅 걸어가 근처에 있는 널따란 공터에서 마주 보고 섰다.

'어쩌면 좋지……?'

서로를 노려보는 두 사람의 투기가 더욱 진해지자, 팽시영의 마음도 더욱 촉박해졌다.

이하영에게는 이 비무를 말리자는 말을 할 생각도 하지 못했다. 소혼의 비무라는 말에 이하영의 눈빛이 달라진 것을 보았기 때문이다.

소혼을 설득하려 해도 천상 무인임에 틀림없는 그가 강자와의 대결을 피할 리도 없다.

스르릉!

소혼이 도갑에서 분천도를 뽑아 들며 말했다.

"그럼 시작하겠소."

"오라."

팟!

결국 팽시영의 이러한 우려에도 불구하고, 소혼과 이패의 비무는 시작되고 말았다.

第六章

시발탄

神刀無雙
신도무쌍

파바밧!

도첨을 떠나 수없이 터지는 도강은 이패의 눈을 자꾸만 어지럽혔다.

쾌도가 가지는 효과 중 하나는 바로 변(變)과 환(幻)이 자유롭다는 것이다. 소혼의 분천칠도 역시 쾌도라 할 수 있어서 분천도의 움직임은 그야말로 현란하다 할 수 있었다.

수없이 휘둘리는 분천도가 낳은 도영이 수십 번이고 중첩될 때면 예의 매서운 광풍이 몰아쳤다.

이패는 초반에 공격을 몇 번 한 이후로는 변변찮은 공격을 하지 못했다. 그저 노도처럼 밀려드는 광풍에 맞서서 방어만을 취할 뿐이었다.

이는 소혼과 이패가 가지는 병기의 유효 거리 때문이었다.

권장법을 주로 애용하는 이패로서는 분천도가 만들어내는 간격 사이를 좁히기가 힘든 것이다.

만약 소혼이 보통 고수였다면 '그깟 칼질 정도야'라는 마음으로 무시하고서 바짝 붙을 수 있을지 모르나, 분천도의 도신은 강기로 둘러싸여 있었다.

전설상에나 나오는 금강불괴지신에 이르지 않는 이상에는 절대 불가능한 것이다.

결국 이패는 호신강기를 몸에 둘렀다.

거대한 구체 모양으로 그의 몸뚱어리를 둘러싼 호신강기는 분천도를 떠난 도강을 모두 튕겨낼 정도로 단단했다.

태태탱!

호신강기도 강기의 일종.

도강과 부딪치는데 충돌음이 없을 수 없었다.

쉬시시시싯!

소혼이 공격을, 이패가 방어에 치중하길 수차례.

질풍처럼 몰아치는 분천도는 속도가 멈춰지지 않을 것 같았고, 호신강기는 영원히 부서지지 않을 괴암처럼 느껴졌다.

두 절대고수의 비무를 지켜봄에 팽시영과 이하영의 얼굴 위로 약간의 지겨움이 스쳐 지나려는 순간,

"이제부터 시작이겠군."

팽무천의 이죽거리는 웃음소리가 들렸다.

팽시영과 이하영이 무슨 뜻인지 이해 못해 팽무천을 돌아보려던 찰나였다.

"그러게요."

하아의 대답이 떨어졌다.

그리고,

콰아! 콰아! 콰아!

분천도의 도첨에서 폭발이 일기 시작했다. 강기를 뭉쳐 폭발시키는 강환의 일종이었다.

이패의 몸뚱어리 주위에서 모래 기둥이 솟았다. 거대한 충격파가 그의 몸을 뒤흔들었지만, 이패는 여전히 요지부동이었다.

분천도가 도영을, 그리고 다시 중첩되길 수차례.

능광도섬이 발출되었다.

번쩍!

천지를 양단하는 거대한 벽력 한 줄기가 호신강기를 갈라놓았다.

까가가강!

분천도가 느릿느릿한 속도로 아래로 떨어지자 금강석처럼 단단했던 호신강기에 조금씩 금이 가기 시작했다. 조금만 더 하면 반탄기 자체가 무너질 것 같았다.

번쩍! 번쩍!

소혼은 길이 보이기 시작하자 능광도섬을 몇 번이고 전개했다.

천지를 양단하는 벽력은 강과 쾌를 겸비한다. 분천도 역시 일도섬을 자꾸만 더해감에 따라 그 위력을 더해갔다.

"이만 포기하시는 것이 어떻소?"

소혼은 도파에 힘을 쥔 상태 그대로 입을 열었다.

이대로라면 도날이 이패의 머리를 가를 것 같다는 생각 때문이었다. 그를 업신여겨서가 아니라, 걱정이 되어서 나온 물음이었다.

하지만 이패는 물음에 답하지 않았다. 오히려 반문을 던질 뿐.

"이것이 다인가?"

소혼은 그 순간 이패와 자신을 제외하고 세상의 모든 시간이 정지한 것 같다는 생각에 빠졌다.

소혼이 살짝 흔들리는 목소리로 답했다.

"그렇지는 않소."

"그런가……. 최선을 다한 것이 아니었나 보군."

무뚝뚝했던 이패의 입가가 살짝 비틀어졌다.

"다행이군."

"무엇이 말이오?"

"너의 실력. 만약 이 정도였다면……."

그 순간 소혼의 몸뚱어리를 누르고 있던 공기의 무게가 달라졌다.

"…실망했을 테니."

이패가 일보를 내디뎠다.

쿵!

진각의 울림이 호신강기와 능광도섬 전체를 뒤흔들어 놓았다.

파가가각!

그리고,

휘잉!

이패의 몸뚱어리가 크게 움직였다. 웬만한 여인의 허리보다 더 굵을 것 같은 일권이 태산을 짓누를 것 같은 위력을 자랑하며 날아들었다.

소혼은 그 순간 깨달았다.

이번 공격은 절대 막을 수도, 피할 수도 없다는 것을.

쾅!

일권이 소혼의 복부에 틀어박혔다. 경력과 진력의 회오리가 전신을 뒤흔들어 놓았다.

"컥!"

소혼은 피를 토하며 뒤쪽으로 용수철처럼 튕겨났다. 마지막에 몸을 최대한 옆쪽으로 비틀었으나 공격을 흘리는 데 실패했다.

튕겨난 그의 몸뚱어리가 땅바닥을 뒹굴었다.

소혼은 모래투성이가 된 채로 자리에서 일어날 생각을 하지 못했다.

저벅저벅.

"너를 처음 보았을 때부터 이상한 느낌이 들었다."

이패가 조금씩 그가 쓰러진 곳으로 걸어오기 시작했다. 쉽게 열리지 않을 것 같던 입을 연 채로, 마치 무언가를 강연하듯이 말을 하면서 말이다.

"백 명의 아이들이 있었다. 자신을 스스로 하늘이라고 말하는 자에게서 한 가지 무공을 익혔다. 무공을 익히는 과정은 너무나 힘들어 종국에는 단 여덟 명의 아이만 남았다."

콰아아아!

"너는 그때 여덟 명의 아이 중 우리가 가장 증오하던 하늘의 기운을 얻었던 녀석을 닮은 듯하다. 그래서… 나는 너에게 진한 호승심을 느꼈던 것 같군."

이패의 몸뚱어리 위로 기운이 스멀스멀 올라오기 시작했다. 투기가 아닌 살기였다.

죽이고자 하는 의지가 없다면 절대 내뿜는 것이 불가능한 기운이 사위를 잠식하기 시작했다.

팽무천은 그제야 이것이 보통 비무가 아니라는 것을 깨달았다.

"그만! 그만하시오!"

앞으로 나가 그들을 막으려는 찰나, 하아가 갑자기 팽무천의 앞을 막았다.

"이게 무슨 짓이냐!"

"비무를 조금만 더 지켜보도록 하죠."

"뭣이라? 비무? 너는 지금 이것이 비무로 보이느냐? 지금 축융이 하려는 짓은 생사결이 아니더냐!"

팽무천의 말이 옳았다.

비무에 임하는 자가 투기가 아닌 살기를 드러낸 순간부터 그것은 무(武)를 겨루는[比] 것이 아닌 생사(生死)를 다투는[結] 일이 되어버린다.

하지만 하아는 여전히 앞길을 비키지 않았다.

"아마 공자도 원하지 않을 거예요."

"네가 무엇을 안다고⋯⋯!"

"저 공자⋯ 백염도지요? 또 다른 삼대혈란이라 불리는 질풍행로를 해낸 사람이에요. 설마 이렇게 무너지겠어요?"

"⋯⋯!"

팽무천은 도파를 쥐고서 몸을 부르르 떨었다.

고수는 절대 타인에게 자신의 자리를 양보하지 않는다. 또한 간섭도 받지 않는다. 자존심이 유달리 강한 소혼이라면 충분히 그럴 만하다. 팽무천 그 역시도 그런 생각을 가지고 있으니 말이다.

"젠장!"

팽무천이 욕지거리를 내뱉는 순간이었다.

"앗!"

소혼이 일어서기를 속으로 간절히 바라고 있던 팽시영이 화들짝 놀라는 소리가 들렸다.

"왜 그러느냐!"

팽무천은 하아를 제치고서 두 사람의 비무를 눈에 담았다.

하아가 뒤에서 그를 보며 미소를 지었다.

쏴아아아!

소혼의 몸뚱어리 위로 미증유의 기운이 일어났다. 전과는 확연하기 다른 투기였다.

한쪽 실이 끊어진 꼭두각시 인형처럼 일어서서는 힘없이 분천도를 들어 올렸다.

이패는 여전히 살기를 지우지 않고서 소혼 쪽으로 걸어오고 있었다.

팟!

소혼이 발을 굴렸다.

그 순간 붉은색 줄기가 언뜻 보였던 것은 이패의 착각이었을까.

소혼은 순식간에 이패와의 거리를 반 장 가까이 줄였다. 분천도가 공간을 갈랐다. 일도섬을 중첩시켜 탄생시킨 능광도섬이었다.

까가강!

분천도가 호신강기를 긁어대면서 튕겨 나간 강기가 수없이 대지를 두들겼다.

퍼걱!

도신을 둘러싸던 강기도, 호신기를 이루던 강기도 같은 시간에 깨졌다.

바로 그 틈을 타 이패와 소혼이 동시에 움직였다.

이패는 방금 전보다 한 단계 더 높은 단계인 축융마황포(祝融魔荒砲)를 펼쳤다.

동시에 소혼의 왼손은 열권풍을 장공으로 승화시킨 염룡마후를 토해냈다.

콰아아악!

두 개의 기운이 부딪치며 커다란 폭발을 일으켰다. 하지만 그 어느 것도 밀리지 않는 막상막하를 이루었다. 이대로 밀린다면 충격파마저도 당할 수 있었다.

한데도 소혼은 그러한 위험을 감수하고 몸뚱어리를 빙글 돌렸다.

몸이 원을 그리며 분천도가 번쩍였다.

휙!

능광도섬은 축융마황포와 염룡마후를 동시에 소리없이 갈라 버렸다. 도첨에서 떠난 강기가 이패의 머리 위를 뒤덮었다.

화악! 쿵!

소혼은 그 뒤로 이패가 쏟아낸 격공을 막아내지 못하고 다시 주르륵 뒤로 밀려났다. 다만 다행스러운 점은 이패 역시 기운을 충분히 끌어올리지 못해 충격파가 약했다는 점이었다.

모래 안개가 가라앉고…….

이패는 능광도섬과 마주했음에도 별다른 피해를 입지 않은 것처럼 보였다. 금강불괴는 아니어도 불괴의 경지에는 이르렀던 모양이다.

하나, 그것도 잠시.

주르륵.

이패의 볼 한쪽에 상흔이 그어지며 그곳에서 피가 한 줄기 흘러내렸다.

"제법이군."

이패는 다시 주먹을 말아 쥐었다.

"간만에 이화괘공(離火卦功)을 드러내도 괜찮겠어."

화르륵!

이패의 주먹에서 불꽃이 튀었다. 사패 중에서 이패가 담당하는 것은 화(火). 불꽃을 드러냈다는 것은 곧 본래의 실력을 드러내겠다는 뜻과도 일맥상통했다.

소혼 역시 열양공으로 닿을 수 있는 극의에 다다른 자다. 광염사도의 구결에 따라 백염이 조금씩 모습을 비추기 시작했다.

그렇게 다시 제이의 대결에 들어서려는 때에 하아가 앞으로 나섰다.

"화 랑, 이제 그만해도 좋아요."

이패의 시선이 하아에게로 향했다.

'이대로 승부를 그만두어도 괜찮겠느냐?'라는 의문이 담긴 물음이었다.

하아는 고개를 끄덕였다.

[백염도의 힘에 대해서는 어느 정도 알 것 같아요. 백염, 거기에 비밀이 있었어요.]

[백염?]

[네. 그를 상징하는 백염(白炎)이요. 정확한 것은 나중에 설명해 드릴 테니까 이제 그만하세요.]

이패는 하아의 눈동자를 지그시 응시했다. 하아의 입꼬리가 살짝 말려 올라갔다. 그러길 잠시, 이내 곧 이패는 시선을 다시 소혼 쪽으로 돌렸다.

그리고… 살기를 지우지 않았다.

아니, 더욱 강한 기운을 발산시켰다.

화르르륵!

이패의 권정에서 불꽃이 튀며 이내 곧 팔뚝 전체가 화염에 휘감겼다.

[화… 랑?]

[…….]

[화 랑! 왜 대답이 없어요! 이제 그만해도 된다니까요!]

하아가 다급한 어조로 전음을 보내왔다. 하지만 이패에게
서는 여전히 답변이 없었다.

[화 랑!!]

그리고 두 사람이 동시에 발을 움직였다.

팟!

두 개의 빛살이 마주치려 했다. 그동안 강기만으로 대련에
임했던 그들이니, 자신을 상징하는 열양공을 끌어올린다는
것은 전혀 봐주지 않겠다는 뜻이었다.

하지만 빛살은 부딪치지 않았다.

백색 섬광이 급격히 방향을 틀었기 때문이다.

"미안하오. 할 일이 생겼소. 이 승부는 다음으로 미루도록
합시다."

휙!

소혼은 싸우다 말고 비천행을 극성으로 펼쳐 자취를 감추
었다.

그 자리에는 막 일권을 내지르려던 이패만이 우두커니 서
있을 뿐이었다.

*   *   *

'위험하다!'

막운휴가 진사의 무일양장을 보자마자 떠올린 한마디였다.

이번 것은 진짜다. 피하지 못한다면 정말 죽을지도 모른다는 생각이 머리를 가득 메웠다.

막운휴는 최대한 몸뚱어리를 비틀었다. 무일양장은 그의 옆구리를 스치고 땅에 박혔다.

쾅!

"큭!"

막운휴는 나려타곤의 수법으로 몸을 굴리며 자리에서 벗어나고자 했다.

수하들에게 이곳을 벗어나라고 외치려던 찰나였다.

슈슈슈슈슛!

"……!"

막운휴의 시야에 하늘을 가득 메우는 화살비가 잡혔다. 오랜 추격전으로 인해 피로가 극에 달한 사무단이라면 절대 막을 수 없는 화살비가…….

퍼퍼퍼퍼퍽!

살점을 두들기는 소리가 수없이 들렸다.

막운휴는 멍한 눈길로 수하들을 바라보았다.

단 셋밖에 남지 않았던 단원들은 몸뚱어리에 족히 수십 개의 화살을 저마다의 몸에 박은 채로 쓰러져 있었다.

마지막까지 숨길을 끊지 못한 녀석의 유언이 그의 귓가를 간질였다.

"반드시 살아남아서… 복수를 이뤄주십시오… 회주……."

모두가 죽었다는 생각이 그의 머리를 가득 채웠다. 자신은 비겁한 존재였다. 화살비를 본 순간, 저 혼자 살기 위해서 반탄강기를 끌어올리다니. 그 때문에 자신만 살아남았다는 죄책감에 몸을 움직일 수 없었다.

바로 그 순간이었다.

진사가 다시 움직이기 시작했다.

실의에 빠져 있는 것도 잠시.

막운휴는 재빨리 발을 굴려 자리를 벗어났다. 수하의 유언을 이뤄주기 위해서라도 자신은 살아남아야만 했다. 비겁한 변명이라 해도 좋았다.

흑사검에 강기를 둘러 수없이 뿌려대자 앞쪽으로 길이 뚫렸다.

팟!

진사는 막운휴가 있던 자리에 멈춰 서서는 추격대들에게 외쳤다.

"쫓아라!"

"존명!"

다시 막운휴와 추격대의 쫓고 쫓기는 추격전이 시작되었다.

진사는 냉소를 지었다.

"토끼 사냥이로군."

소혼은 비천행을 펼치며 생각에 잠겼다.

'분명 혈백 특유의 기운이 느껴졌다.'

팔성에 오른 절혼령의 기감은 이제 타의추종을 불허할 정도였다. 그 때문에 자연 사방의 기운에 아주 민감했는데, 소혼은 이패와 비무를 하던 도중 혈백의 기운을 느낀 것이다.

혈백을 펼치는 자에게서 느껴지는 광기가 아닌 은밀한 향과도 같은 느낌이었지만, 분명 그것은 혈백을 익힌 사람만이 가질 수 있는 기운이 분명했다.

'구양과 싸우고 나서부터일까… 북명신공(北冥神功)을 익힌 이후로 그새 절혼령의 성취가 다시 깊어진 것 같다.'

소혼은 일전에 질풍행로 때에 구령마, 살풍과 싸우고 난 후에 구양 능윤해와도 승부를 겨룬 적이 있었다.

그때 얻었던 무공이 바로 화산의 오행매화검과 정체를 알수 없는 도가서, 북명신공이었다.

북명신공은 일종의 선가(仙家) 계열 무공이었다.

보통 사람들은 도가와 선가를 같은 부류로 취급하는 경향이 강했는데, 엄연히 따지자면 선가는 도가와는 전혀 달랐다.

동산 백두와 서산 곤륜에서 시작되었다고 알려진 선가의 무공을 송나라 시대의 장천사(張天使)가 도가와 함께 정립하면서 생긴 오해인 것이다.

북명신공은 이러한 송 시대보다 훨씬 오래전의 것으로 보였는데, 서두에 구려(句麗)라 언급된 것이, 옛날 동쪽의 패자였다던 고구려의 무공이 틀림없었다.

북명신공의 내용은 보통 중원의 무공과는 궤를 달리했다.

점진적인 꾸준한 수련을 요구하는 중원의 무공과 다르게 한 번의 깨달음 후의 수양을 요구하고 있었던 것이다.

이는 고구려가 사라지고 나서도 한참 후에야 나온 불가의 돈오점수(頓悟漸修)와 사뭇 비슷했다.

다행인 것은 소혼이 절혼령을 익힘에 따라 자연 만물에 대한 깨달음이 일반 선인들과 비교해 뒤지지 않는 까닭에 북명신공을 크게 깨우칠 수 있었다는 점이다.

그와 더불어 소혼은 북명신공의 구절을 통해 잠시 막혀 있던 절혼령의 발전을 좀 더 꾀할 수 있었다.

이는 이패와의 대련에서도 큰 효과를 톡톡히 볼 수 있었다.

소혼과 이패는 서로 비무에 임함에 앞서 열양공을 전개하지 않기로 합의했다. 직접 대화로 약속을 한 것은 아니지만, 열양공을 펼쳤을 경우 그것은 더 이상 비무가 아니라 생사결이 될 것임을 서로가 잘 알기 때문이었다.

하지만 여기서 소혼이 간파하지 못한 것이 있었다.

바로 그는 늘 무공을 사용함에 있어서 열양공도 늘 함께 펼쳤기에, 열양공이 함께하지 않는다면 실력이 많이 줄어든다는 점이다.

이패는 격동의 시기라 할 수 있는 팔괘군과 건패지재의 시대를 넘어오면서 이에 대해 큰 깨달음이 있어 공력의 조달이 자유로웠다.

하지만 소혼은 아직 살아온 세월이 적어 이 점에 대해 이패보다 지식이 얕을 수밖에 없었다.

그래서 결국 일권을 허락하고 말았다.

내가중수법이 몸을 뒤흔들 때에는 정말이지 사도수 때처럼 다시 무공을 모두 잃는 줄 알았다.

전신을 뒤흔드는 경력의 회오리는 그만큼이나 대단한 것이었으니까.

하지만 이때에 소혼을 구제해 준 것이 바로 북명신공이었다.

오묘하기가 하늘에 닿았다는 선가의 무공, 북명신공.

북명의 기운이 더 큰 내상을 막아주고 더불어 냉철한 판단까지 내릴 수 있도록 해주었다.

그리고 그 후에야 소혼은 이패와 제대로 된 대결을 펼칠 수 있었던 것이다.

'북명(北冥)이라는 바다에 곤(鯤)이라는 이름의 물고기가 살고 있으니……'

구결을 외면 욀수록 화륜이 끌어당기는 자연지기가 더욱

풍성해지는 느낌이었다.

여하튼 북명신공으로 인해 소혼은 더욱 진해진 기감도 가질 수 있었는데, 이러한 기감의 영역권 내에 혈백의 기운이 잡혔던 것이다. 이패와의 제대로 된 대결이 벌어지려는 찰나에.

이에 소혼은 아무런 망설임 없이 방향을 꺾었다.

'비무는 언제고 할 수 있는 것이지만, 혈백의 기운은 좀체 잡기가 힘들다.'

소혼은 이제 제천궁과 회를 아예 같은 집단으로 묶어 생각했다. 그래서 진성과 회의 본신을 찾으려면 제천궁을 뒤흔들어야 했다. 이를 위한 효율적인 방법 중 하나가 혈백을 익힌 이들을 쳐내는 것이다.

여태껏 소혼의 경험으로 보자면, 혈백을 익힌 이들은 대부분 제천궁이나 회에서 제법 높은 직급에 있었으니까.

파바밧! 쿠쿵!

그때에 저만치서 검과 검이 부딪칠 때 나는 쇳소리와 함께 경악성이 여기저기서 들렸다.

조금 더 앞으로 달려가자, 제법 강해 보이는 고수와 그 뒤를 뒤쫓는 백 명의 제천궁 무사가 보였다.

난마(亂麻)처럼 헝클어진 전장이었다.

소혼은 망설이지 않고 그곳으로 몸을 던졌다.

쿵!

착지음과 함께 분천도가 불을 뿜기 시작했다.

도망을 친 지 채 일각도 되지 않아 막운휴는 적들에게 둘러
싸이고 말았다.

원체 험난한 전장을 연속으로 전전해 온 터라 피로가 극에
달했던 탓이다. 그러던 것이 진사와의 싸움 이후에는 제대로
칼을 휘두를 힘도 남지 않았다.

막운휴는 그렇게 지쳤음에도 자신을 둘러싼 백 인을 상대
로 이다경에 가까운 시간 동안이나 선전을 보였다.

그 대단한 무용(武勇)에 벌써 여덟의 목이 날아갔다.

하지만 그것도 잠시.

이제는 더 이상 차륜전으로 싸움을 걸어오는 저들을 이기
지 못할 것 같았다.

사실 막운휴가 모르고 있어서 그렇지, 회계산에서부터 사
무단을 쫓아왔던 이들은 마소대(魔簫隊)라고 하여 태평소전
에서도 세 손가락 안에 드는 정예 부대였다.

자평하기를, 자신들만으로도 신주삼십이객을 능히 쉽게
꺾을 수 있다고 하니, 검에 기운 하나 변변찮게 싣지 못하는
막운휴의 상태에서 그들을 상대로 우위를 보이고 있다는 점
은 대단하다 할 수 있는 것이었다.

그 피로가 이제는 극에 다다라서 문제지만.

마소대 대원들은 간간이 강기도 쏘아내던 막운휴의 검이

서서히 약해진다는 것을 깨닫고는 눈빛으로 의견을 나누었다.

끝을 내자는 뜻이었다.

콰아아아!

검진이 수레바퀴 구르듯이 굴러가며 막운휴의 검을 수없이 두들기기 시작했다.

타다다다당!

흑사검이 어지러워졌다. 막운휴는 결국 보법까지 엉켜 몸을 휘청거렸다.

획!

마소대는 그 순간을 놓치지 않고 검을 떨어뜨렸다.

'결국 이리 가는 것인가?'

막운휴의 입가에 씁쓸한 미소가 어렸다. 이럴 줄 알았더라면 더욱 적극적으로 절강무회를 이끌고 저들을 상대할 걸 그랬다. 지금에 와서 후회해 봤자 이미 늦은 것이지만.

바로 그때였다.

까가가강!

마소대원들이 이뤘던 십자검형(十字劍形)이 형태를 갖추지 못하고 튕겨났다. 그 중심에는 정체를 알 수 없는 환도 한 자루가 있었다.

따라라랑!

정체를 알 수 없는 도의 주인은 눈가를 건으로 가리고 있었다. 소혼이었다.

그는 격전 속으로 끼어들자마자 빠른 속도로 마소대를 밀어붙이기 시작했다. 그 현란한 움직임에 검진은 틀을 제대로 갖추지도 못하고 뒤로 밀려나고 말았다.

'뭐지, 이 사람은……?'

막운휴는 위기의 순간에 자신을 구해준 소혼을 보며 경악을 금치 못했다.

백여 개의 검이 난마처럼 헝클어지는 곳에서 자신을 구해내는 것으로도 모자라 오히려 저들을 밀어붙이기까지 하다니.

절강무회에서 자신을 구하기 위해 고용한 고수인가 싶었지만, 답은 나오지 않았다.

그에 대해 정체를 묻기에 상황은 너무 어지러웠기에.

쿠쿵!

그 순간 소혼은 도신에 광염을 둘러 능광도섬을 터뜨렸다.

번쩍이는 일도와 함께 검진에 파가각! 금이 그어졌다.

쾅!

분천도의 압력을 이겨내지 못한 세 명의 대원이 피를 토하며 뒤로 튕겨났다.

소혼은 그 기세를 몰아 마소대의 안쪽으로 파고들었다.

[호신기를 두르고 최대한 바짝 엎드리시오.]

"……?!"

막운휴는 갑자기 귓전을 때리는 전음에 화들짝 놀랐지만, 이내 바짝 몸을 숙였다. 자신도 미처 상황을 판단하기 전에 보인 모습이었다.

소혼은 막운휴가 위험하지 않겠다고 판단을 내린 후에야 광염을 더욱 세게 태워 올렸다.

분천도가 거친 불길을 토해냈다.

콰르릉!

분천삼도 열권풍이 닿는 곳은 모든 것을 불사른다. 그것이 생령이 깃들지 않은 물건이든 아직 살날이 많이 남은 인간이든 간에.

열권풍은 소혼과 가까이 있던 마소대원들을 모두 삼켜 버렸다.

"크악!"

"커허어억!"

"살려… 줘!"

화르르륵!

입신경에 오른 후, 더욱 강해진 화마가 날름거리는 붉은 혓바닥은 일체의 저항도 허락지 않았다.

태우고 녹이고를 수십 차례.

비명 소리마저 앗아가 버리는 열화지옥이 도래한 지상은 더 이상 사람이 숨 쉴 수 있는 공간이 아니었다.

"이게 대체 무슨……!"

마소대원들은 몸을 부르르 떨었다.

갑작스레 터진 열권풍에 녹아버린 대원들의 숫자만 족히 스물은 되었다. 문제는 열권풍이 사그라지면서 내뿜은 후폭 풍과 열풍에 있었다.

강기와 같은 예기를 자랑하는 열풍은 더 많은 인명을 앗아 갔다.

지금 겨우나마 숨이 붙어 있는 마소대의 숫자는 서른.

그나마도 중상 이상을 입은 자들을 뺀다면 열다섯을 겨우 넘길 뿐이었다.

"이놈!"

"죽이겠다!"

결국 동료들의 죽음에 분을 참지 못한 대원들은 일제히 소 혼을 향해 몸을 던졌다.

그 모습이 흡사 불나방과도 같아 보였다.

휙!

능광도섬이 다시 한 번 모습을 드러냈다.

수십 개의 섬광이 공간을 갈랐다.

퍽! 퍼퍼퍽!

마소대원들의 이마 정중앙에 하나같이 같은 크기의 홍점 이 박혔다. 주르륵! 하고 핏물이 흘러내리자 일제히 그들의 머리가 뒤로 넘어갔다.

소혼은 도신에 묻은 피를 털어내고서 막운휴가 있는 곳으로 시선을 돌렸다.

"괜찮소?"

"……."

막운휴는 멍한 시선으로 소혼을 쳐다보았다.

자신과 사무대를 궁지로 몰아넣었던 추격대를 단 일다경도 안 되는 짧은 시간에 처리한 자다. 비록 진사가 없었다고는 하지만 초절정고수인 그도 이 정도의 실력은 지니지 못한 터였다.

최소한 절대위의 경지를 내딛은 것이 분명했다. 보법이나 초식을 전개하는 그 모습 자체가 예술의 승화였으니까.

"고맙……."

막운휴는 소혼에게 '고맙소이다' 라는 말을 하려다 문득 입을 꾹 다물고 말았다.

하얀색 도와 눈을 건으로 가린 자. 문득 얼마 전까지만 해도 강호를 충격과 공포로 몰아넣었던 대마두에 대한 인상착의가 떠올랐다.

기기까지 생각이 미치자 막운휴는 재빨리 흑사검을 뽑아들며 소혼과의 간격을 쟀다.

"무슨 용무로 이곳에 온 것인지는 알 수 없으나, 더 이상의 접근은 불허하겠소!"

악인을 싫어하는 막운휴의 성격에 대마두 백염도라 소문난 소혼에게 존대를 하는 것은 자신을 구해준 은(恩) 때문이다. 만약 그런 것이 없었다면 당장에 칼부림을 일으키고도 남았을 터.

소혼은 무심한 표정으로 가만히 있었다.

어차피 이들에게서 혈백의 기운이 잔향으로 남아서 왔을 뿐, 처음부터 그를 구해줄 생각은 없었다.

막운휴가 살기를 일으키든 말든 간에 자신에게 칼만 휘두르지만 않는다면 신경 쓰지 않을 생각이었다.

하나, 소혼은 곧 생각을 바꿔야만 했다.

팟!

소혼이 갑자기 공간을 좁혀오자 막운휴는 없던 힘을 쥐어짜 흑사검을 휘둘렀다. 검기가 살짝 피워 올랐지만, 소혼은 칠보환천으로 몸을 비틀며 막운휴의 몸 안쪽으로 파고들었다.

"무슨 짓을……!"

'무슨 짓을 하려는 거냐!' 라고 외치려는 찰나, 소혼은 막운휴의 몸뚱어리를 어깨 위에 실고는 땅을 강하게 박찼다.

팍!

어기충소의 수로 높이 뛰어오르는 순간, 방금 전까지만 해도 그들이 있던 자리에서 큰 폭발이 일었다.

쿠콰콰쾅!

"……!"

간발의 차이라 할 수 있었던 상황이다.

소혼은 막운휴가 화들짝 놀라든 말든 긴 포물선을 그리며 멀리 떨어진 곳에 사뿐히 착지했다.

'혈백을 익힌 자, 기감이 포착한 자가 분명하다.'

소혼은 막운휴를 내려놓고서 기수식을 취했다.

모래 안개가 가라앉으며 저벅저벅, 혈백의 기운을 가진 자가 모습을 드러냈다. 진사였다. 그는 여전히 한 손에 기검을 들고 있었다.

"마소대를 처치할 정도의 실력이라… 기대되는군."

진사는 활짝 미소를 지었다.

마소(魔笑)였다.

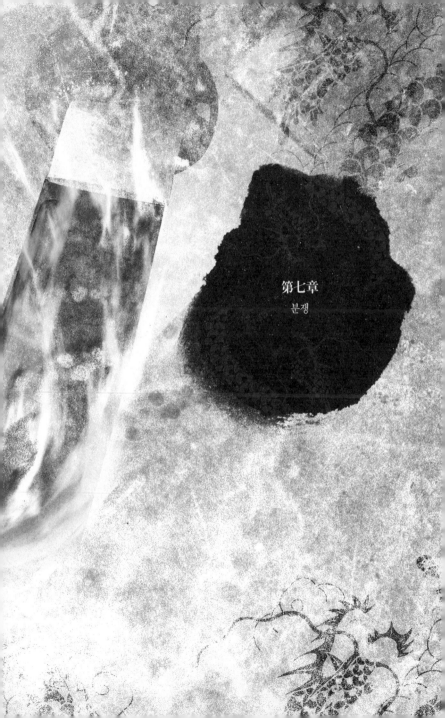

第七章
분쟁

神刀無雙
신도무쌍

"**멀**리 가지 않아도 되니 다행이군."

소혼은 진사와 마주치자마자 한마디를 던졌다.

진사는 살짝 아미를 찌푸렸다.

"그게 무슨 뜻이냐?"

소혼은 분천도의 도첨을 진사에게로 겨누었다.

"제천궁, 그곳의 본단이 어디에 있는지 알아야겠소."

진사는 푸핫! 하고 웃어버렸다.

"크하하핫! 지금 네가 나를 통해 그것을 알아낼 수 있다고 생각하느냐?"

"당신, 십천사가 아니오? 그만한 힘이라면 그중에서도 다

섯 손가락 안에 꼽히겠지. 제천궁의 위치 따위는 쉽게 알아낼
수 있으리라 생각하오만?"

"정말이지 웃긴 놈이로구나!"

진사의 입장에서는 웃길 수밖에 없었다.

그는 마소대로 하여금 막운휴의 뒤를 쫓게 했다. 자신은 느
긋하게 뒤쫓아 그의 목숨만 취하면 될 것이라는 생각에서였
다.

그런데 난데없이 불청객이 찾아들었다.

불청객은 막운휴를 구해내는 것으로도 모자라 칼질 몇 번
으로 마소대의 대부분을 전멸시켰다.

보아하니 무공 수위도 요즘 아이들치고는 꽤나 높은 것 같
아 간만에 몸을 풀 수 있으리라 여겨 이렇게 걸음을 재촉했던
것인데, 자신을 만나자마자 하는 소리가 제천궁 본단이 어디
에 있는지 말하라니.

"아이야, 뚫어진 입이라고 지껄이는 것이 얼마나 위험한지
모르는 것 같구나!"

콰아아아!

진사의 몸뚱어리 위로 마기가 흘러나오기 시작했다.

사위를 짓누르는 압력이 느껴졌다. 하지만 이패에 비하면
약하다 할 수 있는 기운이었다.

소혼은 작은 목소리로 입을 열었다.

"만독자도, 구양도 그렇게 말하다 갔음을 잊지 않는 것이

좋을 것이오."

"뭐라······?"

진사가 무슨 뜻인지 알지 못해 반문을 하려는 찰나, 소혼이
몸을 움직였다.

휙!

까가강!

진사는 본능적으로 기검을 휘둘러 분천도의 일격을 막아
냈다.

강기와 강기가 마주치면서 불똥이 튀었다. 불똥은 곧 화
근(火根)이 되어 화마로 승화했다. 콰아아! 거친 불길이 소혼
의 몸뚱어리를 둘러쌌다.

콰콰콰쾅!

검력과 화력이 하나가 되어 몰아치는 일도섬의 향연에 진
사는 손을 어지럽게 흔들어야만 했다.

쿠쾅! 콰콰쾅!

"네가 만독자가 말하던 그 소혼이라는 녀석이로구나!"

진사는 그제야 만독자의 눈을 애꾸로 만들었다는 자의 기
공이 열양공이었음을 떠올렸다. 그가 도를 사용한다는 생각
과 함께.

"그런데 분명 만독자는 너를 잡는다고 주산군도로 움직
였··· 그럼······?"

"당신의 생각이 맞을 것이오."

콰콰콰콰!

소혼은 진사의 말허리를 잘라내며 더 세게 상대를 몰아붙이기 시작했다.

분천이도 광염사도가 뿜어내는 광염은 일도참과 함께 진사의 기검을 술렁술렁 베어버리고, 간혹 열권풍의 화력을 키워 그의 머리 위로 떨어뜨렸다.

콰콰쾅! 하고 후끈한 열기가 불어닥칠 때면 진사의 몸뚱어리는 자꾸만 뒤로 튕겨났다.

소혼은 칠보환천으로 간격을 더욱 좁혀 광염의 기운을 한곳으로 끌어모았다.

쾅! 콰르르르!

분천도를 한차례 크게 휘두르자, 광염의 아가리가 꼬리를 물었다. 거친 불길을 토해내는 열권풍의 탄생이었다.

열권풍은 칼바람을 담은 열풍을 수없이 토해냈다. 열기와 예기의 향연이라 할 수 있었다.

진사는 졸지에 바로 앞쪽에서 열권풍의 기운에 고스란히 노출되어 버린 셈이었다.

들고 있는 기검으로 열권풍의 기운을 억누를까 싶었지만, 그 정도로는 오히려 화력만 돋울 것 같았다. 왼손에도 또 다른 기검을 소환해 쌍검을 들었다.

"감히 나로 하여금 이깟 잡술 따위를 펼치게 하다니!"

진사의 양검(洋劍)은 쌍검을 들었을 때에 양검(兩劍)으로 변한다.

진사는 기검을 좌우에 하나씩 든 채로 기운을 폭사시켰다.

퍼버벙!

열권풍은 진사를 거칠게 몰아붙이다 말고 바다의 기운에 억눌려 꺼져 버렸다. 하지만 열권풍이 사라지면서 토해낸 후폭풍 또한 무시할 것이 되지 못했다.

쿠르르릉!

"감히!"

진사는 이를 바득 갈았다. 무일양공의 기운을 더욱 끌어올려 호신강기를 이뤄 열풍을 막아냈다.

우르르르…….

거친 지진이 있었다. 소혼이 이번에 발출한 열권풍은 참공의 기운이 담겨 있어 공간 자체를 찢어발기는 위력을 지녔던 탓에 대지 자체가 쉽사리 견뎌내기 힘들었다.

열권풍의 모든 기운이 사라지고 난 후에 드러난 진사의 몰골은 말이 아니었다.

신선처럼 그를 꾸미기 바빴던 옷은 여기저기가 찢어져 걸레 조각으로 변했고, 그의 탐스럽던 흰 머리는 성성이의 것이 되어 있었다.

하지만 헝클어진 머리카락 사이로 비치는 붉은색 광망은 보는 이로 하여금 절로 오금을 저리게 만들었다.

"혈백이로군."

소혼은 적안의 정체를 짐작하고서 작게 중얼거렸다.

아니나 다를까.

진사의 몸뚱어리에서는 거친 사기와 마기가 함께 일렁였다.

간간이 맑은 기운도 섞여 있는 것이, 어느 정도 대성의 성취를 보았음이 분명했다.

진사는 혈백의 기운에 몸을 맡기면서 입꼬리를 비틀었다.

"얼마 전에 섬서에서 구양과 살풍, 구령마가 죽었다고 하더니, 바로 네가 백염도였나 보군. 거기에 만독자까지 당했다면… 크흑! 비록 그들과 친했던 것은 아니지만, 그래도 한때나마 같은 곳에 몸을 맡겼으니 복수는 해줄 수 있겠군."

"마음대로. 하지만 쉽지는 않을 것이오."

"그거야 붙어보면 알 테지."

진사의 눈에서 혈광이 번뜩였다.

동시에 무일양공의 기운이 혈백과 뒤섞이면서 전혀 새로운 기운으로 변했다.

"무마일(無魔逸)……?"

그 기운이 어떤 것인지를 읽어낸 소혼은 아미를 살짝 찌푸렸다.

상대가 만만치 않을 것임을 알아챈 것이다.

"절연오천의 독천도 살아 있던 마당에 우내칠성(宇內七星)이 살아 있지 않을까 했지만 염정이 제천궁의 십천사가 되었을 줄은 꿈에도 몰랐소."

백여 년 전, 팔황새의 천중전란 때에 강호를 지배하던 일곱 명의 패자들, 우내칠성.

비록 천중팔좌에 의해 그 빛이 얼마 가지 못하고 사라져 버렸으나, 그들도 엄연한 절대위를 밟은 고수들이었다.

그중 무마일은 염정 구양극을 상징하는 사공이었다.

기운에 닿는 모든 것을 허무로 돌려 버린다는 사공.

이 때문에 그는 사파인 중에서 가장 뛰어난 실력을 지녔으나, 사파인들에게도 버림을 받아야만 했다.

백 년이라는 세월이 흐른 지금에 와서는 무지막지한 패기는 없지만 더욱 정갈되어 잘 벼린 한 자루의 칼날과도 같은 느낌이었다.

만약 실수로 닿기라도 한다면 그대로 수십 자루의 검에 꽂힐 것 같다는 느낌이 든다고 해야 할까.

기검을 주로 사용하는 그의 무공 성질이 반영된 것이 분명했다.

진사, 아니, 염정 구양극은 마소를 더욱 진하게 띄웠다.

"나는 제천궁의 십천사 따위가 아니다. 하늘과 땅을 잇는 자들… 선인의 자취를 읽을 줄 아는 사람들만이 닿을 수 있는 천지회(天地會)의 사람이다!"

*   *   *

소혼이 사라지고 난 후, 이패는 권을 거둬들였다.

불현듯 발생한 일에 일행은 멍한 표정으로 그곳을 집중했다.

이패는 소혼이 달린 방향 쪽으로 시선을 던지며 중얼거렸다.

"염정인가? 그렇다면 나를 피해 그곳으로 가도 이상한 것은 아닐 테지."

이패는 곧 하아가 있는 곳으로 돌아왔다.

하아는 살짝 도끼눈을 하고서 이패를 노려봤다. 자신의 부탁을 거절하고 계속 소혼과의 비무를 행하려던 그가 야속하게 느껴졌기 때문이다.

이 일에 대해 한마디를 해줄 속셈으로 입을 열고자 했다.

"화……."

"하아, 내 일은 내가 결정한다."

"화… 랑?"

하아는 멍한 표정을 지었다.

"내가 비록 다시 태어난 이유가 너를 수호하기 위해서이긴 하나, 나의 의지는 내 산하에 있는 것이다. 절대 명령은 받지 않는다."

"……."

이패는 말하고 있었다. 그녀와 자신은 수평적 관계이지, 수

직적 관계는 아니라고.

하지만 그것을 잘 알면서도 하아는 서운한 마음을 지울 수가 없었다. 여태껏 자신의 말이라면 하늘의 별이라도 따다 주려던 그가 아니었나.

비록 강환대법(罡桓大法) 이후에 무뚝뚝한 성정으로 바뀌었다고 하지만, 그는 그녀에게 단 하나뿐인 정인이었다.

물론 그 점에 대해 따질 생각은 하지 않았다. 이패의 말이 옳았으니까.

하지만 가슴 한편에 섭섭함과 함께 남은 무언가는 그녀로 하여금 이패와의 관계에 거리가 있다고 말하고 있었다.

하아의 생각이 이어지려던 때에 이패는 팽무천에게 성큼 다가섰다.

"무천."

"왜 그러시오?"

팽무천은 동행인 소혼을 다치게 하려 했던 것에 살짝 화가 났는지 입술을 삐죽거렸다.

화를 낸다기보다는 삐쳤다는 말이 어울릴 모습이었지만, 이패는 전혀 신경 쓰지 않았다.

"마차를 끌고 북서쪽으로 가자. 그곳에 가면 소혼이 있을 것이다."

"알겠소."

무어라 몇 마디 질문을 던질 수 있었지만, 팽무천은 별다른 말 없이 마차 쪽으로 움직였다.

이에 답답해지는 것은 팽시영과 이하영이었다.

하지만 그녀들도 분위기에 휩쓸려 묵묵히 팽무천의 뒤를 따라야만 했다.

이하영은 살짝 눈꼬리를 치켜올렸다.

'절대고수라는 사람들은 죄다 저렇게 특이한 걸까?'

이패는 몇 번이고 주먹을 움켜쥐었다가 폈다.

'소혼, 강하다.'

팽무천과 의검선을 동시에 상대할 때에도 본신의 실력을 드러낸 적이 없던 그였다.

어쩌면 삼대혈란 중 하나인 건패지재를 일으킨 건패와 비교해도 절대 뒤지지 않을 것이라 생각하고 있었다. 그만큼 강환대법이 그에게 준 권능(權能)은 천의무봉(天衣無縫), 그 자체였으니까.

하아의 수호위가 되어 그녀와 함께 강호 전역을 돌아다녀도 여태껏 제대로 된 상대를 만나지 못했다.

제천궁의 십천사라고 하는 존재들은 물론, 천지를 잇는 선인들의 세계라는 회에서조차도.

군이 비교하자면 삼공녀인 하아보다 더 높은 서열에 위치한 진성, 사령, 그리고 회주 따위를 꼽을 수 있을까.

하지만 그들과 직접적으로 만난 적은 없었다.

그 때문에 이패가 아는 사람들의 세계에서 그는 거의 무적이라 해도 좋았다.

그런 그에게 본신의 절기인 이화괘공을 펼치게끔 만든 자가 있었다.

바로 소혼이었다.

'그리고 그 광망은 분명히……'

이패는 고민을 하다 이내 털어버렸다.

"상대가 강하면 강할수록 나는 오히려 좋을 뿐이지."

그 모습을 몰래 훔쳐보던 하아가 작게 한숨을 내쉬었다.

*   *   *

소혼은 피식 웃고 말았다.

이런 곳에서 회의 이름 따위를 듣게 될 줄이야.

그것도 아주 예전에, 무간뇌옥에서 의부 시고에게서 들은 적이 있던 이름이었다.

문득 시고와 견줄 정도로 강한 자들이 있냐는 질문에 시고가 했던 답이 떠올랐다.

"불함산(不咸山)이나 천지회(天地會)의 녀석들이라면 비교할수 있을까. 하긴, 그놈들은 인세와는 전혀 상관없으니 신경 쓰지 않아도 되겠지만."

불함산은 해동에 있다는 성산 백두를 말한다.

천지회에 대해서는 아는 것이 없으나, 불함산과 마찬가지로 세속과는 동떨어진 선인들의 공간이라고만 생각해왔다.

"신경 쓰지 마라. 어차피 너희들과는 전혀 상관없는 곳이니."

시고는 그 두 세력에 대해 단정적으로 말했다.

선가는 세속과는 동떨어진 채 깨달음을 추구하는 이들이 뭉쳐서 만든 제자(諸子)의 일가(一家)다.

강호이되 강호라 할 수 없으니, 천외천이다.

한데, 그러한 곳이 강호에 마수를 뻗쳤다고 한다.

그의 말을 들어보니 천지회는 마교뿐만 아니라 제천궁 등 강호 전역에 영향을 끼치고 있는 것 같았다.

"현문 일맥이라 할 수 있는 천지회가 어째서 강호에 영향을 끼치려는 것이오?"

진사, 염정 구양극의 입술이 비틀어졌다.

"본 회에 대해서 어느 정도 아는가 보군. 하지만 애송아, 네가 알아야 하는 것은 거기까지다."

구양극은 더 이상 천지회에 대해서 말해줄 생각이 없는 듯했다.

사실상 천지회가 천외천에 위치한 이상, 그가 천지회에 대한 언급을 한 것만으로도 크게 경을 칠 수 있는 상황이었다.

소혼도 그 이상을 바란 것은 아니다.

"그 머릿속에 있는 것들, 파헤치고 말 것이오."

"나를 능윤해나 만독자 따위와 비교해서는 아니 될 것이다!"

구양극은 혈백의 기운을 더욱 끌어올렸다. 양손에 들고 있던 기검 위로 요사한 기운이 스며들었다. 혈백의 극의라 할 수 있는 혈천라강을 기검으로 만들어낸 것이다.

혈천라강 자체만으로도 큰 폭발력을 자랑하건만, 그것을 바탕으로 기검까지 만들었다면?

팟!

구양극이 공간을 질주하자 두 개의 기검이 무마일과 한데 뒤섞여 현란함을 더했다.

콰콰콰콰콰쾅!

소혼은 여태껏 펼치지 않았던 후초식을 전개했다. 분천오도 적룡화문과 함께 염룡이 거친 불길을 토해냈다.

혈천라강과 광염이 맞물리면서 사방을 초토화시키기 시작했다.

[멀리 벗어나는 것이 좋을 것이오.]

두 무인의 대결을 신인의 대결마냥 지켜보고 있던 막운휴는 그제야 화들짝 놀라 자리를 피하기 시작했다.

소혼은 비록 그가 자신에게 칼날을 들이대기는 했지만, 그래도 자신이 구해준 목숨이 쉽게 사라지는 것을 원치 않았다.

막운휴가 사라진 것을 확인하자, 소혼은 본격적인 움직임을 보이기 시작했다.

분천도가 공간을 찢었다.

파지지직!

벽천화의 발현이었다.

퍼퍼퍼퍼펑!

벽천화가 스쳐 지나간 자리는 모든 것을 허무로 돌려버린다. 구양극의 손에 있던 기검 두 자루가 속절없이 수천 개의 입자가 되어 부서져 내렸다.

소혼은 그 빈틈을 틈타 분천도를 박아 넣었다.

쾅!

쾌속은 그만큼 강렬한 파괴력을 지녔다.

거기에 화력까지 더해지면 정말이지 말로 형용하기 힘들만큼의 위력을 낳게 된다.

직접 측정하지 않아서 그렇지 소혼이 휘두르는 분천도의 위력은 일반 화포와 비교해도 절대 뒤지지 않을 터였다.

벽천화는 이러한 분천도로 펼칠 수 있는 초식 중에서도 가장 큰 위력을 자랑한다.

닿는 모든 것을 으스러뜨려 아예 존재 자체를 허무로 돌려버리는 초식인 것이다.

그래서 소혼은 분천도로 구양극의 기쌍검을 모두 부서뜨

렸다고 생각했다.

하지만 그것은 착각이었다.

빈틈을 틈타 밀어 넣은 분천도가 기검의 검면에 부딪쳐 더이상 전진을 하지 못했던 것이다.

구양극의 입가에 달린 냉소가 빛을 발했다.

"기검은 강기의 유형화. 강기를 묶고 있는 틀을 깨뜨린다면 허무로 돌아가고 말지. 아무것도 없는 공간에 제아무리 칼을 휘둘러 봤자 무슨 소용일까?"

소혼은 그 말로 말미암아 벽천화가 구양극에게 통하지 않았음을 깨달았다.

기검은 사람의 의지에 따라 탄생하기도 사라지기도 한다. 의지의 힘이 강하면 강할수록 기검의 특성은 더욱 자유로워지는데, 만약 기검을 유지하는 데에 막대한 공력이 소비되지 않는다면 절세보검이라 해도 좋을 정도로 효율적인 병기가 바로 기검이었다.

그 어떤 상황에도 아랑곳하지 않고 자유자재로 뽑아낼 수 있으니 말이다.

구양극 역시 이를 이용한 것이 분명했다.

아니, 그보다 더욱 효과적인 방도를 이용했다.

"……!"

소혼은 분천도를 다시 휘두르려는 때에서야 비로소 구양극이 무슨 짓을 했는지를 깨달았다.

구양극의 왼손에는 기검이 없었다. 그렇다면 좌수검을 이루던 기운은 전혀 다른 방도로 사용되었다는 뜻!

거기에까지 생각이 미치자 소혼은 재빨리 칠보환천을 밟으며 운룡번신의 수로 몸을 재빠르게 돌렸다.

휘리리릭!

소혼의 몸뚱어리가 맹렬한 속도로 회전하면서 거대한 칼바람을 일으켰다.

구양극이 외쳤다.

"떨어져라!"

구양극의 좌수검은 바로 하늘에 있었다. 그것도 수백 개의 파편으로 나뉜 채로. 그것은 어느새 공중에 수놓인 수백 개의 강기가 비가 되었다.

쿠쿠쿠쿠!

강기는 그 자체만으로도 강렬한 폭발력을 가진다. 그것이 다량으로 떨어지는 모습은 위력적이다 못해 과히 황홀하다고도 표현할 수 있을 정도였다.

소혼은 낙하하는 강기에 맞서 칼바람에 백염과 강기를 섞어 보냈다. 불에 둘러싼 조각달, 화편월의 등장이었다.

콰콰콰쾅!

한 폭의 도화라고 해도 될 정도로 아름다운 광경이 벌어졌다.

지상으로 낙하하는 수백 다발의 강기 파편과 이를 막기 위해 날아드는 초승달 모양의 불꽃들.

마치 폭죽놀이라도 한 것처럼 사위가 어지럽게 변했다.

그 와중에는 미처 화편월로 거둬내지 못한 파편도 있었는데, 이들은 대부분 구릉을 때려 깊은 구덩이를 파이게 만들었다.

과히 신인들의 사투라고도 할 수 있는 광경이었지만, 이보다 더 말로 설명할 수 없을 현상이 또 벌어졌다.

"제법이군. 한데, 이것 역시 막아낼 수 있을까?"

구양극은 우수검도 손에서 놓아버렸다.

새로운 공격이 시작된 것이다.

팽그르르!

우수검은 마치 팽이처럼 제자리를 강하게 회전하더니 거대한 빛살로 변했다.

휙!

빛살이 움직이는 듯했다. 아니, 움직인다는 생각이 들었을 때에 빛살은 이미 소혼의 왼쪽 어깨를 지나고 있었다.

푸화아악!

소혼은 이를 악물며 왼쪽 어깨의 상처를 지혈시켰다. 자칫 본능적으로 몸을 꺾지 않았더라면 위험할 뻔했다.

"계속 그런 식으로 피해보라고."

휘휘휘휙!

빛살은 공간에 녹아들었다.

"첫 발."

소혼은 기감의 감역을 통해 빛살이 움직일 방향을 추측했다. 다리였다. 곧바로 땅을 박차 높이 뛰어올랐다.

"두 번째."

이번에는 허리였다. 소혼은 분천도를 휘둘러 광염을 흩뿌리며 빛살이 다가올 공간을 차단시켰다.

하지만 능히 '빛살'이라 말할 수 있는 것은 그 공간마저 가를 수 있다는 뜻. 빛살은 백염의 방어막을 허무하리만치 쉽게 뚫어버리며 소혼의 오른쪽 허리를 베고 지나갔다.

"크……!"

허리는 병장기를 휘두름에 있어서 팔 다음으로 가장 중요한 부분이었다. 그런 곳에 자칫 큰 상처라도 입게 되는 날에는 제아무리 공력이 넘쳐흘러도 칼을 쥐지 못할 수도 있었다.

"크하하핫! 언제까지 그렇게 쥐새끼처럼 도망만 다닐 수 있는지 궁금하구나. 이제 세 번째!"

구양극은 기분 좋은 어조로 외쳤다.

소혼은 한쪽 아미를 찡그린 채로 다시 한 번 기감에 집중했다.

'팔성의 성취에 이른 절혼령이다… 이대로 쉽게 무너질 리 없다.'

전개하면 전개할수록, 성취가 깊어지면 더욱 깊어질수록 그 한계를 짐작할 수 없는 것이 바로 절혼령이다.

언제나 그렇듯, 소혼은 위험에 직면했을 때에는 아버지 시고가 자신에게 준 절혼령을 믿었다.

소혼은 가만히 기감에 몸을 맡겼다.

우우우웅!

백팔십 개의 륜이 일제히 공명을 터뜨리기 시작했다.

'곤(鯤)은 북명에서 태어나 붕(鵬)이 되니……. 붕은 너무나 커 날개만으로도 능히 세상을 뒤덮음이고……. 그러니 북명의 손길은 닿지 않는 곳이 없다.'

문득 북명신공의 한 구결이 머리를 언뜻 스치고 지나갔다.

그리고 절혼령의 구결 또한.

'자타(自他)가 무엇인지 알 때를 식(識)이라 하고, 자타를 구분할 수 있을 때를 별(別), 자타의 존재 자체를 잊었을 때를 망(忘)이라 한다. 식은 나와 너의 경계선을 알 때이며, 별은 모든 것에 그것이 있음을 알고…….'

절혼령의 팔성은 너와 나의 다름을 깨닫는 '식'의 단계다.

소혼은 본격적인 절혼령의 세상이라 할 수 있는 입신경에 든 이후부터 이 '경계'라는 것에 대해 많은 참오를 거쳤다.

그럼에도 별다른 효과를 보지 못했던 것이 북명신공의 구결과 함께 떠오른 것이다.

이에 소혼은 문득 '별'의 단계에 무언가를 깨닫는 바가 있었다.

경계선은 감히 측정할 수 있는 것이 아니라 만물 모두에 있는 것이라면? 소혼은 그것을 깨닫는 것만으로도 경계의 존재에 대해 한 발자국 더 가까이 다가갔음을 깨달았다.

부아아아앙!

백팔십 륜들이 내뿜는 공명음과 함께 여태껏 존재하던 기감이 더욱 뚜렷해졌다.

동시에 소혼의 몸 위로 붉은색 기운이 살짝 떠올랐다.

혈백이 피를 연상케 하는 적색이라면, 소혼의 눈동자에 떠오른 것은 칠흑에 가까운 검붉은 빛깔이었다.

명안(冥眼).

소혼은 자신이 북명신공의 극성을 이루어야만 나타나는 명안을 개안했음을 알지 못했다.

비록 대성과 완성을 갖추게 되면 더 큰 힘을 얻을 수 있을 테지만, 극성만으로도 소혼은 자신의 모든 것을 내주어도 바꾸지 못할 보배를 얻었단 것을 깨달았다.

'보인다, 모든 것이!'

여태껏 소혼은 심안으로만 만물을 비춰왔다. 하지만 명안은 심안으로도 보이지 않았던 별세계를 시야에 담았다.

흔히들 빛의 입자라 부르는 기와 만물의 흐름까지 모두가.

그리고 공간으로 녹아들었던 구양극의 빛살도 보였다. 어디로 움직이는지, 그 힘이 어느 정도인지까지도.

소혼은 빛살이 날아오는 방향을 향해 광염을 터뜨렸다.

콰쾅!

광염은 너무나 간단하게 기검을 녹여 버렸다.

파아아아!

구양극은 소혼의 이마 정중앙에 큼지막한 구멍을 만들 것이라 믿었던 기검이 흔적도 없이 사라지는 것을 보고 눈을 부릅떴다.

그리고 어느새 반 장 가까이 간격을 좁혀온 소혼을 발견하고서 다시 한 번 호신강기를 끌어올려야 했다.

콰르르릉!

소혼은 기검이 광염에 녹아드는 것도 확인하지 않았다. 그만큼 자신감이 충분했다는 뜻이리라.

분천도가 다시 한 번 벽력이 되어 천지를 갈랐다.

쩌거걱!

분천도는 너무나 쉽게 호신강기를 갈라 버렸다.

그리고 그 구체 속에 있던 구양극은 믿기지 않는다는 얼굴로 중얼거렸다.

"대체… 그 사이에 무슨 일이 있었던 거지……?"

분명 소혼은 그의 무일천공(無逸穿空)에 속수무책인 모습을 보였다. 그런데 단 한순간에 공격을 파훼시키고 자신과의 간격을 좁힐 줄은 꿈에도 알지 못했다.

구양극은 점점 깜깜해지는 시야에 어지러움을 느끼며 몸을 휘청거렸다. 하지만 몸에 힘이 들어가지 않았다. 세상이 아래로 꺼지는 듯한 느낌에 힘없이 맡겨야만 할 뿐.

희미하게 보이던 세상마저 꺼질 때쯤에야 무언가를 발견하게 되었다.

싸우기 전까지만 해도 없었던 것.

붉은빛 와선(渦線). 그것은 분명,

'곤의 틀을 깨고 날갯짓을 시작했단 말인가? 허허!'

그러다 문득 한 가지 사실이 떠올랐다.

상대 백염도의 이름이 소혼(蘇魂)이라는 것을. 소가(蘇家)의 혼(魂)⋯⋯. 억측일지도 모르지만 그것이 정녕 사실이라면⋯⋯.

'만독자와 능윤해가 죽은 것도 무리는 아니로군.'

그 생각을 끝으로 구양극은 눈을 감았다. 힘없이 얼굴이 아래로 떨어지자 이마에서부터 피가 주르륵 흘러 땅바닥을 적셨다.

툭.

소혼은 힘없이 쓰러진 구양극의 시체를 보았다.

저도 모르게 분천도의 도파를 쥐는 손에 힘이 실리고 말았다.

소혼은 아랫입술을 잘근 깨물었다.

'알아낼 수 있는 기회였거늘. 이리 놓아버려야 한다니.'

마음 같아서는 구양극의 심지를 제압해 여태껏 했던 것처럼 마공음으로 제천궁과 천지회에 대한 것을 토설하게 만들고 싶었다.

하나, 그것은 상대를 제압할 만큼 월등한 실력을 지녀야만 가능한 일이다.

만약 마지막에 북명신공에 대한 깨달음이 없었더라면 당했던 것은 소혼, 자신이었을 터였다.

그만큼 치열했던 격전 속에서 구양극을 제압하는 것은 힘들었다.

'앞으로 남은 십천사의 숫자는 일곱. 숫자는 많지만 십천사는 제천궁의 소속이나 외문(外門) 소속이나 마찬가지라고 들었다. 그렇다는 것은 곧 십천사를 만나기 위해서는 제천궁의 제일적이 되어야 한다는 것.'

소혼은 싸늘한 어조로 입을 열었다.

"장강대란이 있었다고 했다. 그것은 곧 제천궁이 이곳 절강에도 대대적인 토벌을 하고 있다는 뜻이겠지."

생각을 정리한 소혼은 곧바로 땅을 박차 항주가 있는 방향으로 몸을 날렸다.

* * *

'백염도… 제천궁과 싸우고 있던 건가?'

막운휴는 거친 산을 내려오며 소혼과 진사 구양극의 대결을 떠올렸다.

'그가 비록 대마두라고 하나, 만약 그를 잘만 이용할 수 있

다면 복수도 꿈만은 아닐 것이다.'

* * *

일행이 있는 마차 안.

가만히 눈을 감고 있던 이패가 갑자기 눈을 떴다.

바로 앞에는 이하영이 있었다.

"이곳에서 서쪽으로 쭉 향하면 무엇이 나오나?"

가만히 앉아서 '어떻게 하면 저렇게 강해질 수 있나' 고민에 잠겨 있던 이하영은 화들짝 놀라 반문했다.

"네? 저, 저요?"

"내 앞에 너 말고 누가 있는가. 이곳에서 서쪽으로 향하면 무엇이 있나?"

"서, 서쪽이요……?"

살아온 생애 대부분을 주산군도에서 보냈던 그녀가 무엇을 알까.

이하영은 저도 모르게 팽시영 쪽으로 시선을 돌렸다.

팽시영도 얼떨떨한 나머지 말을 더듬거렸다.

"하, 항주가 나와요."

"항주?"

"네."

이패는 골똘히 무언가를 생각하다가 이내 다시 눈을 감으며 말했다.

"항주로 간다."

"네?"

"……."

팽시영의 반문이 돌아왔지만, 한 번 눈을 감은 이패는 두 번 입을 열 생각이 없는 듯했다.

결국 팽시영은 울며 겨자 먹기로 팽무천에게 항주로 가자고 말해야만 했다.

第八章

절강비사

神刀無雙
신도무쌍

항주(杭州).

옛날 호림(虎林)이라 불리던 오(吳), 월(越), 전(錢), 무(武),, 숙(肅)의 오대국의 도읍이었던 곳.

그 후에는 송나라의 고종이 도읍을 남으로 옮겨 임안(臨安) 으로 개칭하였다가, 차후 항주라 불리게 되었다.

흔히 와신상담(臥薪嘗膽)이라 널리 알려진 오나라와 월나 라의 고사 역시 이 지역에서 흥망성쇠를 하고 있을 때 나온 말이다.

항주에는 전당강이 굽이쳐 흐르고 남쪽으로는 운하가 통 하고 있어 예부터 물자가 풍부하고 산수가 빼어나서 뛰어난 인물들이 속출했다.

강남의 물산 대부분이 이곳에 모여 명조의 수도 북경으로 향하는 까닭에 항주는 항시 수많은 문파들의 탐스러운 먹잇감이었다.

*   *   *

소혼에게 있어서 지금 가장 중요한 것은 하나였다.

정보.

이전 술자리에서 들었던 이야기에 의하면, 현재 절강은 제천궁에서 출전한 무력 부대와 충돌을 벌이고 있다 했다.

소혼은 바로 절강성 내에 있다는 그 무력 부대를 상대할 셈이었다.

그들 전체를 상대할 수는 없겠지만, 치고 빠지는 식의 전술을 이용한다면 제천궁에 막대한 피해를 입힐 수 있을 것임이 분명했다.

적게는 수천에서 많게는 수만 명에 이르는 국가의 전쟁과는 다르게, 강호의 분쟁에서 동원되는 무인 수는 최대한 많이 잡아야 천을 겨우 넘긴다.

그 정도의 인원이라면 얼마든지 하루가 멀다 하고 자리 이동도 많을 터. 한곳에 정착해서 전투를 벌이지는 않을 것이다.

'놈들의 정확한 위치를 알기 위해서는 부대의 이동로를 알아야 한다.'

하지만 병력의 이동로는 적에게 세력을 노출시키는 결과를 낳을 수 있으므로 구하기가 상당히 어렵다.

물론 그렇다고 해서 구하지 못할 것도 없었다.

그 때문에 소혼은 정보를 얻을 수 있는 곳, 하오문을 찾아 나서야 했다.

그리고 그는 상당한 양의 돈을 소비하고 난 후에야 원하는 정보를 얻을 수 있었다.

소혼은 간만에 찾은 항주 시내를 구경하기 시작했다.

소혼에게 있어서 이곳 항주는 영원히 잊을 수 없는 곳이었다.

고향.

비록 소가장의 본가가 천목산에 있었다지만 그 대부분의 기틀은 항주에 있었기에 이곳은 그의 고향이었다.

하지만 소혼은 항주 성내에 들어선 이후, 줄곧 삼십 년 가까이 정의해 왔던 것에 대한 의문에 잠겨야 했다.

'과연 이곳이 나의 고향이 맞을까?

옛날부터 이런 말이 있다. 고향은 타지에 오랫동안 있었던 사람들에게 어머니와도 같은 존재라고. 하지만 거의 이십 년 만에 찾은 항주는 고향이라 하기에 힘들어 보였다.

늘 문전성시를 이루는 까닭에 하루가 멀다 하고 달라지는 곳이라고는 하지만 그래도 어렸을 적의 추억에 있는 것들은 하나둘쯤은 있을 줄 알았다.

하지만 소혼은 자신이 잘못 생각했음을 깨달았다.

모든 것이 달랐다.

소가육아가 항시 뛰어다니던 길목도, 맛있는 다과를 주었던 마음씨 좋은 송씨 아저씨네 포목점도 없었다.

언제나 그렇듯 항주는 수많은 사람들로 북적였다.

외국에서 장사를 하기 위해 항주를 찾은 색목인들도 보이고, 장강 이북의 말씨를 쓰는 사람들도 많았다.

좋게 말하면 사람이 사는 맛이 강했고, 나쁘게 말하면 너무 많은 사람들로 인해 사람이 마음을 붙일 곳이 되지 못했다.

고향이라 한다면 따스해야 하건만.

그런 것은 전혀 보이지 않았다.

그 때문에 실의에 잠기고 말았다.

소혼은 그저 멍하니 길을 따라 걸었다.

바삐 움직이는 사람들 틈바구니에 끼어 모르는 사람의 어깨를 쳐서 시비가 일어날 뻔하기도 했고, 만만한 맹인이라 생각한 파락호들 때문에 발걸음이 지체되기도 했다.

그때마다 소혼은 발목에서 힘이 빠지는 느낌이 들었다.

품속에 고이 넣어둔 상당한 양의 종이마저 무게를 잃고 사라진 듯한 느낌. 그렇게 유령처럼 멍하니 시내를 활보했다.

발걸음이 닿는 대로 걸을 뿐이었다.

한 시진이 흘렀을 쯤에는 시내를 벗어나 보이는 사람들의 숫자도 드문드문 적어졌다.

그러다 정신을 차렸을 때에는 여기가 어디인지도 모를 만큼 걸어왔을 정도였다.

하지만 소혼은 자신이 멈춰 선 곳에서 아주 익숙한 느낌이 든다는 것을 깨달았다.

"이곳은……."

주위를 둘러본 뒤에 어렸을 적의 추억이 하나둘씩 떠올랐다.

소혼은 멍하니 정신을 놓고서 주위를 걷기 시작했다.

이곳은 자신과 사촌들이 뛰어놀던 곳, 저곳은 가신이었던 한 아저씨가 머물던 곳이었다. 얼핏 심안으로 비치는 저 멀리 위치한 산은 성취가 느리던 자신이 항상 목도를 휘두르던 곳이었다.

그랬다.

이곳은 바로 그가 살았던 곳이었다.

소가장.

그의 집이 있던 곳.

'이곳에 오게 될 줄이야…….'

잊었다고 생각했는데 몸은 여전히 기억하고 있었나 보다.

하지만 이곳 역시 추억 속의 장면 그대로는 아니었다.

항주의 다른 곳과 다르게 이 주변만은 세월이 비켜간 듯이 대부분 똑같았다. 마치 과거의 조각이 다시 맞춰진 듯한 느낌이었다.

하지만 소혼에게 있어서 가장 중요한 한 조각만은 달랐다.

소가장이 있던 자리에 다른 건물이 있었다.

고래 등처럼 커다란 집은 아니어도 스물이 넘는 대식구가 살기에 절대 부족하지 않을 집이었는데, 사촌들과 함께 매일 뛰어다니던 넓은 정원이 있던 곳이었다.

하지만 소가장은 더 이상 존재하지 않았다.

다른 건물이 그 자리를 대신하고 있을 뿐.

무양가(無恙家).

커다란 상단을 이끄는 상가인 듯싶었다.

'소가장은 그때 모두 불타지 않았나. 내가 아직 미련이 남은 게지.'

소혼은 자신의 욕심이 부질없는 것임을 깨달았다.

이미 가문이 괴한들의 습격에 의해 스러졌을 때에는 가문의 나무 기둥, 풀 한 포기조차 남지 않았었다.

그것을 떠올린다면 이 터에 다른 건물이 세워지는 것은 당연하다 할 수 있었다.

'돌아가자.'

소혼은 그렇게 어렸을 적의 작은 미련마저 모두 떨쳐 버렸다.

그렇게 뒤돌아서 떠나려는 순간,

"실례지만 누구십니까?"

누군가 소혼의 발목을 잡았다.

이 집안의 노복(老僕)이었는지, 허리를 굽히고서 흐릿한 목소리를 하고 있었다.

소혼은 엉거주춤 멈춰서는 짧게 일변했다.

"아니오, 아무것도."

소혼은 비천행을 펼쳐 자리를 벗어났다.

노인은 약간 어리둥절한 얼굴로 고개를 갸웃거렸다.

"무슨 일인가요? 손님이라도 오셨나요?"

소혼이 사라지고 난 후에 한 여인이 노인에게 말을 걸었다.

행동 하나하나에서 요염함이 느껴지는 여인이었다.

게다가 비단으로 곱게 차려진 옷을 입은 것이, 제법 높은 직급에 놓인 사람인 듯했다. 아니나 다를까, 노인은 정성스레 여인에게 허리를 숙였다.

"아닙니다. 그저 누군가가 문밖을 서성이고 있기에 무슨 일인가 확인을 한 것입니다."

여인의 눈동자에 이채가 스쳐 지나갔다.

"밖에 누가 있었단 말인가요?"

"예. 곧 사라졌습니다만."

"사라졌다?"

"강호인인 듯싶었습니다. 두 눈을 건으로 가리고 있으면서도 앞을 잘 보는 사람처럼 잘 걸어다녔습니다."

"강호에서도 그런 기인은 찾아보기 힘든 법인데. 여하튼 요즘 세상이 어수선하니 문 쪽은 각별히 신경 써주세요. 그도 그걸 바라니까요."

"알겠습니다."

여인은 흡족한 미소를 띠며 고개를 끄덕이고는 자리에서 벗어나려 했다.

그러다 문득 무언가 한 가지를 떠올렸는지, 잠시 멈춰서는 고개를 돌렸다.

촤악.

부채를 펼치며 살랑살랑 흔들었다. 꽃 무늬와 위쪽에 그려진 '역(逆)' 자가 묘한 아름다움을 연출했다.

"아참, 그리고 깜박한 것이 있는데, 오늘이나 내일쯤에 손님이 오시기로 했어요. 소가주의 손님이니 특별히 신경 써주세요."

여태껏 어둡기만 하던 노인의 눈동자가 살짝 빛을 발했다. 하지만 순식간이었기 때문에 여인은 그것을 미처 발견하지 못했다.

"소가주의 손님이요?"

"네. 그러니 불편함없이 모시도록 해주세요. 손님이 오시거든 나나 소가주께 말씀해 주시고."

"알겠습니다. 그런 일이야 이 맹 노(孟老)가 늘 하던 일이 아닙니까."

"그럼."

여인은 마치 기루의 기녀처럼 엉덩이를 씰룩이며 자리에서 사라졌다.

노인은 열린 대문을 도로 굳게 닫으면서 작게 중얼거렸다.

"소가주의 손님이라……."

그러다 살짝 고개를 갸웃거렸다.

"한데, 그 청년… 어디선가 많이 본 듯한 얼굴이었는데……."

소혼은 무양가가 있던 곳에서 나와 골목에서 길을 틀었다.

왜 비천행까지 펼쳤는지 스스로 깨닫지도 못한 채 소혼은 한참 후에야 공력 운기를 멈췄다.

'죄를 지은 것도 아닌데 왜 도망을 쳤던 거지?'

소혼은 쓴웃음을 지으며 다시 길을 틀었다.

오고 싶었던 곳에 왔으니 되었다.

보고 싶은 것을 모두 보았으니, 더 이상 미련은 남아있지 않았다. 한(限), 그것만 풀면 된다.

'움직인다.'

이제부터는 본격적인 일에 들어가야 했다.

*   *   *

항주에서 서쪽으로 조금만 움직이면 서호(西湖)가 나타난다.

당금 절강에서 가장 유명한 호수 중 하나인데, 그곳에 지어진 누각과 사찰 등과 함께 자아내는 경관은 과히 절경이라 할만했다.

하지만 그러한 아름다움과는 별개로 피 말리는 전쟁을 벌이는 사람들에게는 호수가 눈에 찰 리 없었다.

당금 절강은 두 세력의 전쟁터라 할 수 있었다.

바로 강남의 패자 제천궁과 이에 반대해서 만들어진 절강무회가 바로 그것이었다.

절강무회의 회주는 신주삼십이객 중 한 명인 철사자검 막운휴로, 그는 빼어난 무용만큼이나 강인한 성정을 지닌 탓에 주위 사람들에게 인망이 드높았다.

그래서인지 절강무회는 다른 성에 비해 제천궁을 상대로 높은 승전보를 구가했는데, 어느 날부터인가 그것도 옛말이 되어버렸다.

제천궁을 수호하는 십천사 중 한 명이라는 진사가 등장한 뒤로 세력 판도가 완전히 뒤집어진 때부터였다.

이 때문에 절강무회는 도망치듯이 북쪽으로 쫓겨나 지금은 그들의 근거지였던 항주마저 전권을 몽땅 제천궁에게 내주고 말았다.

그것만이 아니었다.

항전을 위한 주요 장소라 할 수 있는 천목산과 막간산을 내준 까닭에, 그들은 더 이상 북으로 도망칠 수도 없게 되어버렸다. 발목 자체가 묶여 버린 것이다.

이 상황을 타개하기 위해서 회주 막운휴를 중심으로 절강무회의 가장 정예라 할 수 있는 사무단을 결성, 적들의 안쪽을 뒤집으려는 전략을 짜게 되었다.

하지만 그것은 제천궁의 함정이었으니, 막운휴는 이에 사무단 전원을 잃고서 도망쳐야만 했다.

회주가 돌아왔다고 했을 때까지만 해도 절강무회는 환호성을 질렀다. 적들의 마수에서부터 회주가 길을 냈다고 생각했기 때문이다.

하지만 그것은 그들의 오판에 지나지 않았다.

그들이 믿었던 회주는 패장(敗將)이었다.

사무단과 절강의 마지막 남은 희망마저 잃어버린 패장. 한때 그를 칭송하기 바빴던 무회의 간부들은 일제히 막운휴에게서 등을 돌렸다.

무인에게 있어서 명예는 목숨과도 바꾸지 못하는 것이다.

한데, 명예의 최정상에 있던 자가 홀로 살아남았다. 그것도 이백 명 수하의 목숨을 팔아서. 그것은 곧 막운휴가 무인으로서의 생명이 다했음을 의미했다.

막운휴 역시 이를 당연하게 받아들였다.

그는 할 말이 없는 패자였다.

어쩌면 절강의 마지막 남은 기둥마저 잃어버린 역적인지도 몰랐다.

하지만 간부들에게 한 가지 사실만은 전달해야 했다.

막운휴는 자신의 마지막 남은 회주령을 내렸고, 긴급 간부 소집을 명했다.

그 명을 듣고 찾아온 간부들의 숫자는 많지 않았다. 대게는 제 문파의 사람들이 있는 곳에서 나오지 않았다. 그나마 임시 막사로 지어진 회주실에 찾아온 이들의 표정도 좋지는 않았다.

"무슨 일이오?"

막간산에 터를 잡아 오랫동안 성세를 구가해 온 시화문(市華門)의 문주 노독태가 입을 열었다. 깐깐해 보이는 인상을 자랑하는 그는 절강무회의 부회주이기도 했다.

막운휴가 귀환한 후, 그는 사사건건 막운휴에게 제동을 걸곤 했다.

지금 역시 '바쁜 사람들을 왜 불러내느냐' 라는 질책을 던진 것이었다.

다른 사람들 역시 당연하다 생각하는 듯했다.

과거라면 절대 생각할 수 없는 일이었을 테지만, 막운휴는 신경 쓰지 않았다.

"내 여러분들께 긴히 말씀드리고 싶은 것이 있어서 이리 불렀소."

"그런 이야기라면 내일 듣도록 하지요. 이미 날이 깊었소이다."

비록 노을이 지긴 했으나, 해는 아직 넘어가지 않았다. 막운휴를 비꼬는 언사인 것이다.

"여러분들이 이 막 모에게 불만이 많은 것을 알고 있소. 하지만 이것 하나만은 들어주시오. 그렇다면 여러분들께서 원하는 것을 무엇이든 하리다. 회주 직도 내놓겠소."

노독태의 한쪽 눈썹이 살짝 말려 올라갔다.

무인으로서의 생명이 끝난 막운휴가 아직 회주 직에 있는 이유는 다른 것이 아니었다. 그의 무위, 그가 지닌 실력만큼은 진짜였기 때문이다. 한 손이라도 부족한 상황이라 절강무회는 어쩔 수 없이 회주라는 자리를 명예직으로 만들어 버리고 부회주 노독태를 중심으로 하는 체제로 만들어야 했다.

한데 지금 막운휴가 회주 직을 내놓겠다고 한다, 그것도 어떤 일이든 하겠다는 말과 함께. 그 뜻은 자리에서 물러나도 회를 위해 힘을 쓰겠다는 의미였다.

"좋소. 일단 들어보도록 하겠소."

여태껏 강경한 태도를 유지해 오던 노독태의 자세가 살짝 유연하게 바뀌자, 막운휴는 조용히 가슴을 쓸어내렸다.

막운휴는 한 번 머릿속을 정리한 후에 입을 열었다.

"혹시 노 부주께서는 백염도에 대해서 아시오?"

"그를 모를 리 없지 않소? 비록 우리 절강은 련에 들지는 않았지만, 그 때문에 구파와 오가가 한바탕 뒤집어지지 않았소?"

"그럼 그 백염도가 지금 절강에 있다는 사실 또한 알고 있소?"

"백염도가 절강에?"

노독태를 비롯한 간부들 모두가 눈동자를 동그랗게 떴다.

그 말이 너무나 의외였기 때문이다.

노독태는 흠흠, 헛기침을 한 번 한 후에 다시 반문했다.

"백염도가 왜 이곳 절강에 와 있단 말이오?"

"그 이유는 정확하지 않지만… 제천궁 때문인 듯하오."

"제천궁? 설마 그 대마두가 저 남적(南賊)과 손을 잡았단 말씀이시오?"

남적이란 남쪽의 도적이란 뜻으로, 여기선 제천궁을 의미했다.

노독태는 자리에서 벌떡 일어나 소리쳤다.

만약 제천궁과 백염도가 손을 잡았다면 그것은 곧 절강무회의 패망 선언이나 마찬가지였다.

다행히 막운휴는 고개를 저었다.

"아니오. 오히려 반대요."

노독태는 털썩 자리에 주저앉았다. 그것은 다른 간부들도 마찬가지였다. 놀랐다가 주저앉기를 여러 번. 이러다가 심장 발작이라도 올지 모를 일이었다.

"그럼 그자가 이곳엔 왜 왔단 말이오?"

"소인이 회계산에서 그나마 남아 있던 생존자들과 함께 상우로 도망을 치던 도중 그자를 만났소. 추격대에는 진사가 있었고, 그 때문에 나는 단원들을 모두 잃어야만 했소. 나 또한 위험했었고."

"설마 회주는 그가 회주를 구해주었다 말하고 싶은 것이오?"

"그렇소."

"그런!"

막운휴는 자신의 말에 힘을 실었다.

"사실이오. 백염도는 사무단을 전멸로까지 몰아넣었던 추격대, 마소대를 멸절시켰을 뿐만 아니라, 진사와 싸워 그를 죽이기까지 했소."

"허!"

기가 찰 노릇이었다. 절강무회를 이렇게 패퇴하게 만든 진사가 죽었다는 것도 웃긴 일이었지만, 백염도가 제천궁과 싸우고 있다는 사실이 더욱 놀라웠다.

노독태는 가만히 고민에 잠겼다. 만약 막운휴의 말이 사실이라면, 이번 일은 오히려 그들에게 있어서 전화위복이 될지도 모르는 일이었다.

"하면 회주께서는 지금 상황을 타진하기 위해 백염도를 이용하자는 말씀이시오?"

"그렇소."

그때 검요문(劍曜門)의 문주 진일랑이 입을 열었다.

"그 계략은 좋을지 모르나 결코 받아들일 수는 없습니다!"

막운휴의 시선이 진일랑에게 향했다.

"이유를 물어도 되겠소?"

"본 회는 정파입니다. 정파의 존재 의의가 무엇입니까? 사마 척결이 아닙니까? 한데, 백염도와 손을 잡자니요? 결코 그럴 수 없습니다! 아니, 그런다고 하더라도 다른 회원들이 반대를 할 것입니다!"

진일랑의 말은 옳았다.

정파인이라는 존재는 어쩌면 유사(儒士)와도 비슷했다. 딱딱하고 절대 굽힐 줄 모르는 대나무와도 같은 성정을 지닌 것이다.

또한 그들은 사마와 손을 잡는 것을 극도로 혐오했다.

천중전란 때만 해도 파죽지세로 밀고 들어오는 팔황새를 상대하기 위해서 무림맹을 결성함에도 많은 충돌이 있었으니 말이다.

정파를 표방하고 있는 절강무회가 백염도와 손을 잡게 된다면 그것은 곧 내부의 분열로 이어질지도 몰랐다.

진일랑은 이 점을 지적한 것이다.

하지만 반대는 의외로 노독태에게서 나왔다.

"진 제, 꼭 그런 것이 아닐 수도 있네."

"예?"

진일랑의 벙찐 표정에 노독태는 희미한 미소를 지었다.

"이이제이(以夷制夷)라는 말은 들어봤겠지?"

순간 진일랑은 무언가 느껴지는 것이 있었다.

"혹여나 백염도와 손을 잡는 것이 아니라, 말 그대로 녀석을 제천궁을 치는 도구로 쓰자는 말씀이십니까?"

"그렇네."

막운휴도 같이 고개를 끄덕였다.

"꼭 우리의 손을 더럽힐 필요는 없소. 본 회의 소중한 인력을 낭비하지 않아도 백염도가 충분히 놈들에게 큰 피해를 입힐 테니. 우리는 백염도와 제천궁의 싸움이 극의에 다다랐을 때를 기다려 치면 되는 것이오."

"호오."

막운휴의 말은 그럴 듯했다.

노독태를 비롯한 모두가 감탄 어린 표정을 짓고 있었으니 말이다.

하지만 언뜻 괜찮은 듯한 이 계책에도 맹점은 존재했다.

"그러나 백염도가 무리해서 홀로 제천궁을 치려 하겠습니까? 제아무리 그가 대단한 존재라고는 하지만 강남의 팔 할 이상을 차지하고 있는 제천궁을 상대로 홀로 고군분투를 할까요?"

천목파(天目派)의 수장 낭요가 한 말이다.

막운휴는 살짝 난감한 미소를 지었다.

사실 그도 그 이상은 제대로 생각해 둔 바가 없었다. 자신이 생각한 것을 성공하려면 백염도와 제천궁에 대한 정보 조작이 필요한 법인데, 절강무회가 그동안 태평소전에 내쫓기듯 하면서 정보망의 대부분을 유실해 버렸기 때문에 그것도 힘들었다.

하나 이번에도 노독태가 막운휴의 편을 들어주었다. 그는 이번 방안이 꽤나 흡족한 모양이었다.

"아니, 그것은 따로 걱정할 필요가 없을 것이오."

낭요가 되물었다.

"무슨 뜻입니까?"

"어차피 우리에겐 더 이상 쓸 패도 남아 있지 않소. 그렇지 않아도 전력을 다해 태평소전의 움직임을 감시하고 있지 않았소? 만약 백염도가 진짜 제천궁과 원수라면 조만간 그가 일을 저질러도 크게 저지를 것이오. 우리는 그때만 잘 잡으면 될 것이오. 백염도가 제천궁과 척을 지지 않아도 우리로서는 해를 볼 것도 없고. 더군다나……"

노독태의 입가에 미소가 번졌다.

"회주의 말이 사실이라면, 제천궁은 진사가 죽은 것 때문에라도 백염도를 척살하려 들 것이니 우리는 적당히 그 정보만 흘려주면 될 것이오. 일단 백염도의 소재부터 파악합시다."

내용 정리가 끝나자 간부들은 그때부터 안건에 대한 자세한 사항을 논의하기 시작했다.

막운휴는 고개를 푹 숙이고서는 작게 중얼거렸다.

"백염도, 이런 나를 이해해 주시오. 비록 은을 원으로 갚는 배은망덕한 짓을 하나, 나에게는 당신이 준 은혜보다 수하들의 원한부터 갚는 것이 중요하기 때문이오. 내 차후에 이 목숨으로 사죄드리리다."

서호에서 북서쪽으로 가면 천목산이 나타난다.

한때 소가장의 본가가 있었으나, 신흥 문파 천목파에게 그 자리를 내주어야 했고, 지금은 제천궁의 태평소전이 진을 치고 있는 곳.

산세가 험하고 끝이 너무나 뾰족해 하늘의 눈[天目]을 닮았다 하여 붙여진 이름이었다.

이 때문에 태평소전도 천목산 안이 아닌 밖에 진을 쳐야 했다.

시간은 해시 초(亥時初).

해가 서산마루 너머로 지고 어느덧 어둠이 찾아왔다.

특히나 해가 빨리 지는 산의 특성상 이런 시간에 돌아다니는 사람은 거의 전무하다고 봐야 했다.

하지만 되레 그런 것들이 소혼에게는 많은 도움이 되었다.

쉭!

소혼은 천목산의 험한 산세를 비천행으로 넘나들었다.

태평소전의 뒤를 치기 위해서였다.

현재 그들의 거소는 천목산을 뒤에 두고 앞을 서호 쪽으로 둔 형국이었는데, 천목산이 너무나 험하다 보니 태평소전은 자연스레 이곳을 방어용으로 삼게 된 것이다.

하지만 이는 곧 소수 정예가 몰래 기습을 감행하기에 용이하기도 하다는 뜻이었다.

'이쯤인가?'

소혼은 서천목산에서 동천목산으로 넘어오면서 잠시 한 봉우리 중간 지점에서 멈춰 섰다.

가만히 기감을 집중해 앞쪽을 투시하니, 아니나 다를까, 꽤나 큰 규모를 자랑하는 진이 심안에 비쳤다.

인원은 일천삼백.

하지만 그중에서 취사나 잡다한 일을 담당하는 사람들을 제한다면, 실제 무인의 숫자는 구백 명 정도로 봐야했다.

'일단 녀석들의 수뇌부가 있는 곳을 쳐야 한다.'

기습을 감행한 후에 녀석들을 그가 원하는 방향으로 끌어당기려면 일단 머리부터 쳐내야 옳았다.

그 때문에 소혼은 북명신공으로 다져진 기감을 더욱 실어 가장 무예가 출중한 녀석을 감별해 내고자 했다.

우우우우!

심안에 집중을 시작하자 그의 몸 주위로 검붉은 색 기운이 감돌기 시작했다.

북명신공 붕익(鵬翼)의 발현이었다.

콰아아아!

명안이 마침내 개안되자, 심안은 마치 짜기라도 한 것처럼 한곳을 강하게 비추었다. 소혼에게는 너무나 익숙한 혈백의 기운을 가진 자가 있는 곳이었다.

'찾았다.'

소혼은 미소를 지으며 발에 힘을 가했다.

팟!

소혼의 몸뚱어리는 긴 포물선을 그리면서 진영 쪽으로 떨어졌다.

중간 중간마다 허공에서 용천혈에 기파를 실어 마치 답보를 하는 것처럼 몇 번씩 멈춰 섰다. 그 때문에 마지막에는 아무 소리 없이 착지할 수 있었다.

소혼이 도착한 곳은 보초들이 경계를 서고 있는 바깥 지점.

소혼은 곧바로 잠영밀공을 전개해 자취를 감추었다.

스으윽.

소혼은 자신의 몸뚱어리가 공간 속에 녹아든 것을 확인한 후, 가만히 자리에 앉아 보초가 지나가기를 기다렸다.

곧 두 보초가 저들끼리 음담패설을 나누며 소혼 앞을 지나 쳤다. 소혼은 곧바로 담장을 넘었다.

휙!

탁.

지금부터는 만전에 만전을 기해야 했다.

만약 몸을 움직이다가 자칫 들키기라도 하는 날에는 이곳 처소에 있는 천여 명의 무인들과 일대 칼부림이 일어나기 때 문이었다.

더군다나 잠영밀공이라고 해서 만능은 아닌 것이, 대성을 하지 않는 이상에는 이동할 때에 일부 기운이 흘러나가는 것 은 막을 수 없었다.

하지만 소혼에게는 심안과 명안이 있었다.

몇 번이고 붕익을 발현시키자, 주위 인물들의 움직임이 생 생하게 피부로 느껴졌다.

소혼은 다시 움직이기 시작했다.

앞에 친막을 지나 다시 앞쪽으로, 앞쪽으로 조금씩 진진해 나갔다.

그때마다 소혼은 눈으로 따라잡을 수 없을 만큼 빠른 속도 로 움직였는데, 그 때문인지 일부 새어나간 바람이 풀잎을 건 드리고 말았다.

샤락.

"음? 무슨 소리지?"

마침 천막 앞을 지나고 있던 세 명의 무사 중 한 명이 그 소리를 들었다.

"왜? 무슨 일이야?"

"아니, 어떤 소리가 들린 것 같아서."

"바람에 풀잎에 스쳐서 나는 소리 아니었어?"

"비슷하기는 했는데……."

무슨 낌새를 눈치챈 것인지 아니면 다분히 의심이 많은 것뿐인지, 소혼의 기척을 들은 무사는 결국 소혼이 있는 곳으로 점차 다가오기 시작했다.

'어쩔 수 없군.'

소혼은 바짝 숙인 채로 몰래 움직일까 하다가 이내 마음을 고쳐먹었다.

이대로 몰래 움직인다면 다시 흔적을 만들고 만다.

만약 저들 중에 누군가가 그것을 발견하기라도 한다면 그때부터는 상당히 골치가 아파지는 것이다.

소혼은 오른손을 도파로 가져다 대며 가만히 숨을 죽였다. 마치 사자가 사슴을 잡기 위해 힘을 축적시키는 것과 같은 모양새였다.

"아무튼 의심만 많아서는."

"에이, 토끼라도 지나간 것이겠지. 제천궁의 이런 진영까지 녀석들이 어떻게 들어와?"

"그래도 이상해."

청년은 슬금슬금 이곳으로 다가오기 시작했다.

소혼과의 간격도 덩달아 줄어들었다.

오 보, 사 보, 삼 보…… 그리고 일 보.

몸을 숙이고 있는 소혼의 머리 위로 녀석의 얼굴이 드러났
다.

'지금이다!'

"응?"

소혼은 위로 튕겨 오르듯이 분천도를 위로 그어버렸다.

획!

"컥!"

분천도의 잘 닦여진 칼날은 녀석의 몸뚱어리 중앙에 기다
란 혈선을 그어버렸다.

청년과 동료였던 두 무사는 갑자기 두 동강 난 동료의 시체
를 보고서 깜짝 놀라 소리치려 했다. 하지만 그보다 소혼의
움직임이 더 빨랐다.

픽! 픽!

왼손으로 손가락을 튕기자, 염룡의 기운을 실은 탄지공이
동시에 날아가 녀석들의 머리에 손톱만 한 구멍을 하나씩 뚫
어버렸다.

털썩! 화르륵!

동시에 녀석들의 시체가 자그마한 불길에 휩싸였다. 마치

화골산이 뿌려진 것처럼 시체는 살짝 타올랐다가 이내 가루만 남기고서 사그라졌다. 완벽한 증거 인멸이었다.

소혼은 남은 혼적마저 모두 지우고서야 다시 움직였다.

팟! 하는 소리와 함께 그의 신형은 얼마 가지 않아 혈백을 익힌 자가 있는 처소에까지 도착할 수 있었다.

천막 안에는 한창 회의가 진행 중이었는지, 혈백을 익힌 자말고도 제법 뛰어난 실력을 지닌 자가 아홉 정도 더 있었다.

개중에는 초절정의 경지로 보이는 이도 둘이나 섞여 있었다.

'태평소전의 간부들이로군.'

소혼은 뜻밖에 횡재를 한 것 같은 기분에 흡족한 미소를 띠었다.

하지만 이내 흥분된 마음을 다시 가라앉혀야 했다.

이곳은 적진이다. 더군다나 지금 자신은 적진의 한가운데에 와 있었다.

이 안에 있는 자들을 모두 처리한다 치더라도, 저들을 모두 처리하려다 보면 소리가 새어나갈 수밖에 없다.

그리되면 천여 명의 무인들과 생사대적을 벌여야 한다는 뜻인데, 제아무리 천하의 백염도라 하더라도 그것은 힘들었다.

'녀석들이 해산하기를 기다렸다가 하나씩 처리한다 하더라도 힘든 것은 매한가지.'

하나하나씩 몰래 처리하는 것은 가능할지 모른다. 하지만 이 역시 살행을 가미하다가 자칫 한 번이라도 실수를 저지르게 되면 더 어려운 상황에 직면할지도 몰랐다.

차라리 강수(强手)를 둬야 한다면, 진짜 강한 한 수를 내놓아야 할 터였다.

결국 소혼이 택한 것은 강한 한 수였다.

소혼은 일단 자신이 펼칠 수 있는 만큼의 탄탄한 기막을 펼쳐 밖으로 소리가 빠져나가지 않게 한 다음, 몸을 움직였다.

스륵.

휙! 퍽!

소혼은 일단 탄지공 두 개를 튕겨 처소를 지키고 있던 외문 병사 둘을 쓰러뜨리고, 다시 다섯 개를 튕겨 어슬렁거리던 다섯 무사를 골로 보내 버렸다.

눈 깜짝할 사이에 보초들을 깔끔하게 처리한 후, 조용히 천막 안으로 움직이려 한 것이다.

그 순간, 명안의 기감이 경고를 내뱉었다.

"누구냐!"

소혼은 재빨리 땅을 박찼다.

휙!

콰쾅!

소혼이 딛고 있던 땅 위로 거친 폭발이 일었다.

공격이 날아온 방향은 바깥쪽.

아무래도 기감을 천막 쪽으로 집중한 나머지 밖의 기척을 읽어내지 못한 것 같았다.

휘리릭!

소혼은 공중에서 몸을 한 바퀴 선회하면서 이를 바득 갈았다. 살수행이 실패로 돌아간 까닭이었다.

그때 소혼을 발견했던 자가 사자후를 터뜨렸다.

"이놈! 선자불래라 하였으니 좋은 의도로 온 것은 아니겠지?!"

휘휘휙!

강기를 머금은 검풍 수십 다발이 공중을 가득 메웠다. 북해에서나 볼 수 있을 법한, 매서운 한기를 머금은 설풍(雪風)을 연상케 하는 바람이었다.

소혼은 화편월을 내보내 그 검풍들을 모두 쳐내야 했다.

쿠쿠쿠쿵!

서로 상반된 기운이 부딪치면서 폭죽처럼 터져 나갔다.

그 폭발 소리에 처소 안에 있던 간부들이 헐레벌떡 하나둘씩 밖으로 나오기 시작했다.

"이게 대체 무슨 일인가?"

"감히 본 전의 본진에서 살행을 감행하다니!"

"이놈!!"

소혼은 아랫입술을 질끈 깨물었다.

'제길!'

그의 몸 주위로 검붉은 색 기운이 요란하게 일렁이기 시작했다.

이렇게 되면 남은 방법은 하나였다.

'모두 죽인다!'

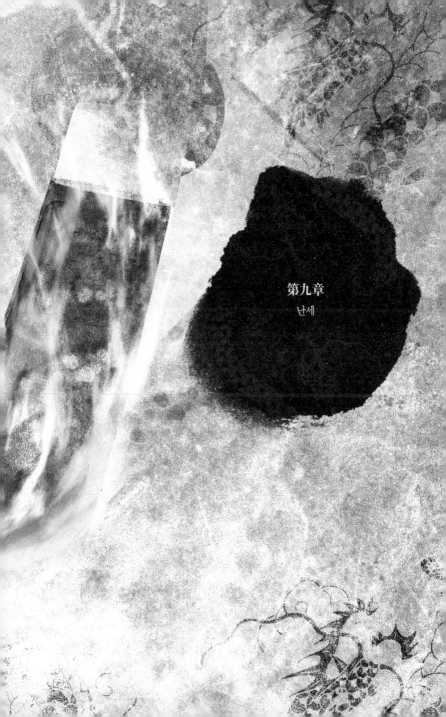

第九章

난세

神刀無雙
신도무쌍

*제*천궁 태평소전 소속이자, 강호에서는 신주삼십이객 중 하나에 해당하는 설초검(雪焦劍)은 회의 도중 소피가 마려워 잠시 자리를 비운 상태였다.

설초검은 모든 볼일을 끝내고 돌아오던 찰나에 문득 이상한 느낌이 들었다.

미묘하게 공기가 달라진 듯한 느낌.

어느 지점부터 밖의 공기와 안의 공기가 달랐다. 더군다나 달라진 공기에는 설초검에게는 너무나 익숙한 냄새도 더러 섞여 있었다.

그것은 오랜 세월 전장에서 살아온 자만이 맡을 수 있는 피

비린내, 혈향이었다.

'누군가 죽었다!'

설초검은 잔뜩 기운을 끌어올려 어디서 날아올지 모르는 적의 암습에 대비했다.

비록 증거는 남아 있지 않았으나, 감각은 그에게 경고하고 있었다.

지금 진영 안에서 암행을 한 자는 결코 쉬운 자가 아니라고 말이다. 어쩌면 초절정고수인 자신을 훨씬 능가하는 자일지도 모르는 일이었다.

그렇게 한 발자국 두 발자국 조심스레 다가서는 찰나, 설초검의 시야에 한 남자가 잡혔다.

비록 어렴풋이 보이긴 했지만, 회의가 한창 진행 중인 천막을 노리는 듯했다. 설초검으로서도 긴장하지 않았다면 발견할 수 없을 만큼 완벽한 암행이었다.

설초검은 자신의 애검을 움켜쥐고서 강기를 날렸다.

파바밧!

설풍십삼식(雪風十三式)의 구결에 따라 강기는 매서운 한풍과 함께 괴한의 목을 노리고 달려들었다.

"누구냐!"

팟!

검풍의 기척을 읽었는지, 상대는 곧바로 땅을 박차 하늘 위로 날아올랐다.

퍼퍼펑!

붉은색 조각달이 유성우처럼 낙하한다 싶더니 이내 공중에서 설풍을 모두 녹여 버렸다. 너무나 깔끔한 한 수였다. 만약 저자와 일대일로 붙는다면 패배는 자신의 것이라는 생각이 들었다.

하지만 설초검은 괴한과 일대일로 손을 섞고 싶은 마음은 없었다. 이것만으로도 자신의 목표는 달성한 것이나 마찬가지였기 때문이다.

아니나 다를까, 처소 안에 있던 태평소전 간부들이 모두 밖으로 몰려나왔다.

이들과 함께라면 저 괴한을 능히 제압할 수 있으리라.

설초검은 그렇게 생각했다.

소혼은 자신의 일이 틀어졌음을 깨닫고는 한시라도 빨리 이들을 모두 처리해야 한다는 생각에 빠졌다.

그나마 다행인 것은 미리 기막을 쳐둔 까닭에 이곳의 소리가 밖으로 새어나가지 않았단 점이랄까.

하지만 그것으로도 벌 수 있는 시간은 얼마 되지 않았다.

시간이 계속 길어지다 보면 이곳의 상황을 수상하게 여긴 이들이 나타날 것이 분명했다.

그렇다면 최대한 빠른 시간 안에 모두 처리해야 한다는 것인데, 문제는 이들 모두가 하나같이 고수라는 점이었다.

숫자는 방금 전에 나타난 녀석까지 합해서 열하나.

물론 그렇다고 해서 녀석들을 상대하지 않을 수도 없었다. 결국 남은 방법은 하나였다. 최대한 녀석들을 빨리 제거한다!

소혼은 중앙에서 요사한 눈빛을 자랑하는, 혈백을 익힌 자를 목표로 잡았다.

우우웅!

소혼은 기운을 끌어올렸다.

화륜심결이 강하게 유동하면서 시고로부터 배운 신혈천마기와 구양 능윤해로부터 얻어낸 북명신공이 한데 뒤섞이기 시작했다.

이전보다 더욱 맑고 깨끗한 기운이었다. 순수 자연지기에 가장 가까운 듯한 느낌과 함께 다시 한 번 붕익이 발현되었다.

마치 전설의 신수, 붕이 날개를 펼치는 듯한 착각과 함께 소혼은 단숨에 공간을 접었다.

팟!

축지와 함께 소혼은 단숨에 가장 앞에 있는 자와 마주섰다.

휙! 콰득!

단숨에 날아든 분천도는 한 녀석의 목을 말끔하게 베어 넘겼다.

눈 깜짝할 사이에 동료가 죽어버리자, 간부들은 모두 자리에서 굳어져 몸을 움직일 생각을 하지 못했다.

소혼은 그 틈을 틈타 일보를 강하게 지르밟으며 열권풍을 일으켰다.

콰르르릉!

그 거친 기운과 함께 거대한 열풍의 와류가 생성되었다. 공간을 수없이 찢는 칼바람의 연속에 녀석들은 최대한 호신강기를 몸에 두르는 것으로 방어를 취해야만 했다.

하지만 열권풍은 초절정고수도 쉬이 막아낼 수 없는 기운이다.

결국 열권풍의 권역 안에 있던 자들 중 두 명이 풍압을 견뎌내지 못하고 피를 토하며 튕겨나갔다.

"컥!"

"크악!"

꽤나 중한 내상을 입었는지, 땅바닥을 수십 바퀴 구르던 그들은 멈추고도 몇 번이고 몸을 부르르 떨더니 결국 자리에서 일어나지 못했다.

소혼의 심안이 다시 다른 녀석들에게로 향했다.

"죽엇!"

전후, 그리고 좌측에서 각각 검과 도가 하나씩 모습을 비추었다.

소혼은 철판교의 수를 이용해 허리를 뒤로 바짝 접어 그 공격들을 모두 피해냈다. 병장기들이 서로 얽히듯이 스쳐 지나가자 소혼은 몸을 최대한 비틀어 일어나면서 분천도를 대각

선 방향으로 그었다.

콰득!

푸우우우!

두 명의 목이 단숨에 날아가면서 진한 피분수를 뿜어냈다.

꽤나 황홀하다 할 수 있는 광경 아래에서 소혼은 바로 우측에 놓인 자를 향해 왼손을 내밀었다.

장심이 놈의 뱃전에 닿자 둔탁한 느낌이 손바닥에 일었다.

쾅!

일종의 장풍이었다. 내가중수법을 가미한 탓에 몸에 스며든 열양기가 아마 녀석의 장기들을 모조리 갈가리 찢어놓았을 터였다.

주륵!

녀석은 입 밖으로 피를 한 줄기 흘리더니, 이내 두 눈이 뒤집힌 채로 쓰러졌다.

눈 깜짝할 사이에 절반이 넘는 여섯의 목숨을 앗아간 실력에 설초검을 비롯한 이들은 몸을 부르르 떨어야 했다.

설초검은 입술을 질끈 깨물며 살기를 내뿜었다.

"네놈의 정체가 대체 무엇이냐?"

소혼은 아무 대답 없이 행동으로 보였다.

팟!

다시 한 번 붕익과 함께 칠보환천을 펼치자 공간이 접혔다.

설초검은 어느새 반 장이나 간격을 축소한 소혼의 실력에 놀라고 말았다. 그때 설초검의 귓가로 다급한 목소리가 들려왔다. 태평소전의 전주 채익량의 목소리였다.

"설 제! 조심하게! 그는 백염도라네!"

"……!"

설초검은 그제야 자신이 위험에 처했음을 깨닫고 몸을 비틀었다.

하지만 사선으로 그어진 분천도는 그의 팔 하나를 앗아가고 말았다.

"크윽!"

동시에 다시 한 번 도풍이 일었다. 매서운 칼바람과 함께 분천도가 설초검의 머리를 훑고 지나갔다.

퍽!

수박처럼 으깨지는 설초검의 머리를 뒤로하고, 소혼은 그 자리 그대로 몸을 뱅그르르 돌면서 왼손으로 아직 남아 있는 자들을 향해 탄지공을 쏘았다.

퉁! 퉁! 퉁! 퉁!

도합 네 개의 탄지공이 날아들었다.

퍼퍽!

개중 둘은 호신강기를 두르고 검으로 탄지공을 베고자 했다. 하지만 그들이 탄지공을 의식한 사이에 이미 기운은 그들의 이마에 구멍을 하나씩 내고 지나가고 있었다.

두 개나 막아낸 다른 한 명마저 그다지 좋지 못한 상황이었다.

죽은 두 명과는 다르게 그는 검막으로 탄지공을 막아낸 듯했다. 그러나 탄지공의 충격파를 모두 견뎌낼 수는 없었는지 검은 산산조각이 나서 다시는 사용할 수 없게 되어버렸고, 심장 어림의 왼쪽 가슴에서는 피가 꾸역꾸역 흘러나왔다.

몸을 지탱하고 있는 것만으로도 용하다는 생각이 들 정도로 그의 상태는 심각했다.

소혼은 다시금 탄지공을 튕겼다.

퍽!

이번엔 녀석의 숨통을 완벽히 끊어낼 수 있었다.

털썩.

결국 남은 것은 처음 소혼이 목표로 잡았던 한 명. 혈백을 익힌 것이 분명한 사람이었다.

아무래도 저자가 이곳 태평소전의 전주인 듯싶었다.

"대체 무슨 사술을 펼친 것이냐!"

태평소전주 철마왕(鐵魔王) 채익량은 이를 바득 갈았다. 갑작스레 닥친 상황이 도저히 이해가 가지 않은 탓이었다.

적진의 심장부라 할 수 있는, 이곳까지 몰래 들어와 살행을 감행한 것도 이상했고, 자신과 간부들의 합공에도 굴하지 않고 모두 순식간에 처리해 버린 녀석의 신위도 이상했다.

진즉에 상대가 만독자와 척을 졌다는 백염도라는 것을 깨달았지만 이 정도의 실력인지는 꿈에도 모른 까닭이었다.

"너희들의 목을 가지러 왔을 뿐."

"닥쳐라! 설마 이런 짓을 저지르고도 쉬이 이곳을 빠져나 갈 수 있을 것이라 생각한 것은 아니겠지!"

"당연하지."

소혼은 짧은 대답과 함께 분천도를 휘둘렀다.

쿠르릉!

분천육도 벽천화의 기운을 담은 능광도섬이 채익량의 머 리를 갈라 버리기 위해 날아들었다.

채익량은 재빨리 숨겨두었던 비장의 한 수를 펼쳤다.

"죽이겠다! 크아아아아!"

눈동자가 새빨갛게 물들어가면서 사기와 마기가 동시에 일렁이기 시작했다.

혈백의 발현이었다.

콰아아아!

채익량은 구양 능윤해나 염정 구양극처럼 혈백을 대성하 지는 못했는지, 혈백의 마기에 이성을 잃어버린 것 같았다.

충혈된 것처럼 새빨갛게 물든 눈동자는 괴이하다 할 수 있 을 정도로 상당한 공포심을 자아냈다.

채익량에게 철마왕이란 별호를 붙게 해준 철마권법(鐵魔拳 法)의 마권(魔拳)이 분천도를 두들겼다.

쿠콰!

상당한 양의 충격파가 기막 내부를 뒤흔들었다.

채익량이 혈백에 몸을 맡긴 지금, 그는 더 이상 초절정의 무위가 아닌 절대위에 육박하는 실력을 자랑했다.

결국 그 충격파도 클 수밖에 없어 두 번째 충돌이 벌어졌을 때에는 기막도 더 이상 버티지 못하고 깨질 수밖에 없었다.

퍼어엉!

안에 밀축되었던 소리가 밖으로 갑자기 새어나가면 그 크기는 고막을 뒤흔들 정도로 엄청나다.

결국 이는 태평소전의 천여 명의 무사들을 모두 깨운 것이나 같았다.

"이게 무슨 소리지?"

"전주님의 천막 쪽에 소요가 일어났다! 어서 움직여!"

"적의 습격이다! 전원 비상!"

휘이이이!

소혼은 하나둘씩 이곳으로 모여드는 무사들의 기운을 느낄 수 있었다.

결국 얼마 지나지 않아 소혼과 채익량은 수백 명의 무사들에 빙 둘러싸이고 말았다.

콰콰쾅!

그럼에도 소혼은 채익량과의 싸움에 몰두해야 했다.

자꾸만 꼬여가는 상황이 그를 암담한 현실로 밀어 넣고 있는 것이다.

소혼은 결국 숨겨두었던 것 중 하나를 선보여야 함을 직감적으로 깨달았다.

'이곳에서 고립되면 정말 밖으로 나가기가 힘들어진다.'

소혼은 다시 한 번 칠보환천을 밟았다.

팟! 섬광처럼 날아들어 소혼은 채익량과의 간격을 최대한 좁혔다. 도를 휘두르기도 힘들 만큼 거리가 좁아졌다.

권은 도보다 사정거리가 좁을 수밖에 없다. 그리고 그 거리가 좁은 만큼 권은 더욱 강한 힘을 자랑할 수 있었다.

휘잉!

채익량의 마권에 강렬한 마기가 밀집되었다.

"크아아아!"

빠르고 강한 일격이었다.

소혼은 최대한 허리를 비틀었다.

펑!

마권은 공간을 잠시나마 일그러뜨릴 만큼 강한 힘을 자랑했다. 결국 그 충격파는 소혼의 옆구리를 강타하고 말았다.

소혼은 고통에도 아랑곳하지 않고 더욱 간격을 좁혔다. 지금 이곳에서 녀석을 제압하지 못한다면 그의 생존율은 그만큼 줄어들 터였다.

어느덧 채익량도 주먹을 휘두르기가 힘들 만큼 간격이 좁혀졌다.

'이때다!'

소혼은 재빨리 왼손으로 녀석의 복부를 두들겼다.

쿵!

간부 중 한 명의 목숨을 빼앗던 것과 똑같은 수법이었다. 내가중수법의 묘리로 경력을 몸에 집어넣어 혈맥, 기맥, 가릴 것 없이 모두 끊어버리는 상승의 공부였다.

채익량의 몸뚱어리가 마치 대포에 맞기라도 한 것처럼 붕 떠올랐다.

그 순간, 소혼은 재빨리 분천도를 녀석의 오른쪽 아랫배에 박아 넣었다.

푹!

"커억!"

단전이 갈기갈기 찢어졌다.

채익량은 피를 토해내며 고꾸라졌다.

소혼은 재빨리 왼손을 다시 움직여 쓰러지는 녀석의 목줄을 손아귀에 쥐었다.

어느새 소혼이 채익량의 목숨줄을 쥐게 되자, 정작 다급해진 것은 소혼이 채익량과의 간격이 벌어질 때를 기다리던 태평소전의 무사들이었다.

"당장 전주님에게서 떨어지지 못하겠느냐!"

거친 일갈이 날아왔지만 소혼은 아무런 대꾸도 하지 않았다. 지금 이곳에서 채익량을 풀어주게 되면 위험한 것은 바로 자신이었다.

물론 지금의 소혼이 가진 실력이라면 태평소전의 추격 정도는 쉽게 따돌릴 수 있었다.

하지만 지금 소혼에게는 그것보다 채익량에게서 알아낼 것이 있었다. 그것을 알아내기 전까지는 녀석을 놓아줄 수 없었다.

소혼은 분천도의 칼날을 채익량의 목에 바짝 가져다 댔다.

"당장 길을 내지 않으면 너희들 전주의 목숨은 사라질 것이다."

완전 강짜라 할 수 있는 협박이었다.

"움직이지 마라!"

"놈은 지금 전주를 인질로 삼고 있는 것이다! 이대로 도망칠 수 있음이야!"

이에 몇몇 대주들이 이를 말리고 나섰다.

이대로 소혼을 놓치게 되면 다시 잡기 힘들다는 걸 잘 아는 탓이었다. 더군다나 이렇게 인질이 있을 때에는 절대 기 싸움에서 눌리면 안 되었다.

하지만 소혼 역시 수많은 전장을 전전하며 이런 싸움을 수없이 많이 해왔다. 오히려 기 싸움이라면 누구에게도 지지 않을 그였다.

무사들은 그런 소혼을 향해 살기를 드러내면서도 미처 다가서지 못했다.

그들이 조금이라도 가까이 갈 듯하면 소혼은 칼을 더더욱 채익량의 목에 바짝 붙였다.

일말의 움직임이라도 보일라 치면 당장에라도 베겠다는
의미였다.

"쫄지 마라! 저것도 다 허세다!"

"더 바짝 좁혀! 전주를 구해야 한다!"

소혼은 입술을 비틀었다.

"과연 거짓인지 아닌지는 보면 알 일이지."

주륵!

칼날이 채익량의 목을 살짝 파고들며 핏물이 도신을 따라
흘러내렸다.

태평소전의 무사들은 더더욱 진한 살기를 내뿜었다. 하지
만 더 이상 간격을 좁힐 생각을 하지 못했다.

소혼은 녀석들이 잠시나마 움직이지 않을 것 같아, 숨겨둔
패를 꺼내 들었다.

[말… 하… 라…….]

마공음이었다. 절혼령의 깨달음이 깊어짐에 따라 소혼은
자신이 알고 있는 무공들을 자유자재로 다룰 수 있게 되어 그
들 자체를 깨뜨려 버린 것이다.

비록 전음으로 펼치고 있지만, 마공음에 실린 마기와 마인
은 이전보다 훨씬 진했다.

"무… 엇을?"

혈백의 소모에 거의 반시체가 되어가던 채익량의 입이 열
렸다. 가래가 끓는 목소리였지만 알아듣지 못할 정도는 아니

었다.

[말하라, 제천궁의 본단 위치, 진성과 채홍련이 있는 곳을.]

"그… 건……."

[말하라! 제천궁의 본단과 진성, 채홍련이 어디에 있는 지를!]

"그것은……!"

채익량의 귓가에 소혼의 목소리는 벽력음처럼 들려왔다.

그때서야 무사들은 소혼이 채익량에게 무슨 짓을 하고 있음을 깨달았다.

"놈이 전주에게 사술을 걸고 있다!"

소혼은 다시 한 번 마공음을 일갈했다.

[말… 하… 라……!]

채익량의 입이 열렸다.

"요하… 궁…… 무양……."

그 순간이었다.

팅!

"컥!"

갑자기 날아든 화살 두 개가 각각 채익량의 목과 이마 정중앙에 꽂혔다. 저 멀리 너머로 시위에 다시 화살을 재고 있는 노인이 보였다.

소혼은 상대가 누구인지를 깨달았다.

'궁귀(弓鬼)!'

"지금부터 내가 태평소전의 임시 전주를 맡는다! 멍청한 채가 놈 따위는 모두 무시하고 저자를 잡아라!"

비록 가진바 깨달음이 부족해 신주삼십이객에는 들지 못했으나, 궁술에서만큼은 제일이라 자부할 수 있는 이가 바로 궁귀였다.

정사지간의 인물로서 정마대전 기간 동안 자취를 감추었던 그가 왜 이곳에 있는지는 모르나, 궁귀가 나타나고 채익량이 죽어가는 이상 빨리 자리를 피해야만 했다.

우드득!

소혼은 채익량의 목을 완전히 비틀어 버린 다음, 땅을 강하게 박찼다.

휙!

그의 신형이 날아오르듯 위로 솟구쳤다.

여태껏 경계를 벌이고 있던 태평소전의 이동이 시작되었다.

"죽여라!"

"잡아!"

소혼은 허공에서 한 번 답보를 한 뒤에 비천행을 전개했다.

궁귀는 시위가 끊어져라 끌어당기며 손을 놓았다.

휘이이이잉!

시위를 떠난 화살에 불과하건만 그 위력은 대포에 필적할 만했다.

소혼은 공중에서 화편월 수십 개와 열권풍을 번갈아 일으켰다.

우르르르! 콰콰쾅!

마치 하늘에서 천둥, 벼락이라도 내리꽂는 듯한 착각이 일었다.

그렇게 태평소전과 소혼의 숨 막히는 추격전이 시작되었다.

*　　　　*　　　　*

소혼이 태평소전과 추격전을 벌이기 시작한 그 시각.

이패와 하아를 실은 팽무천의 마차는 막 항주로 들어서고 있었다.

하지만 이미 밤이 너무 늦은 까닭에 성내의 출입이 통제되어 안으로 들어갈 수 없었다.

물론 그렇다고 해서 가만히 있을 일행이 아니었다.

일행 중에는 강호칠화에 해당하는 팽시영과 그에 준하는 미모를 자랑하는 하아가 있었다.

그들이 번갈아 가면서 '오빠'라는 한마디와 함께 살살 애교(?)를 떨자, 경비대장은 얼굴을 새빨갛게 물들이고서는 이번 한 번만 봐주는 것이라 하며 문을 열어주었다.

그렇게 그들은 항주에 들어설 수 있었다.

하아는 마차의 의자에 몸을 뉘이며 생각했다.

'결국 이곳까지 오고 말았네.'

그녀의 입가에 쓴웃음이 번졌다.

사실 하아와 이패가 목표로 잡았던 곳이 이곳 항주였다. 그들은 이곳에서 만나기로 약조한 사람이 있었다.

그 와중에 어차피 그녀가 원했던 것도 모두 얻어낼 수 있었다.

백염도 소혼에 대한 것. 그가 강할 수밖에 없던 이유.

하아는 소혼과 이패의 비무를 통해 그것을 확인할 수 있었다.

'백염(白炎)이라……'

소혼을 상징하는 백염, 그것이 비밀이었다.

사실 흰색 불꽃, 백염은 하아를 비롯한 천지회의 사람들 대부분이 얻고 싶어하는 불꽃이었다. 오래전에 회에서 잊혀진 성화(聖火)가 바로 백염이었던 탓이다. 그 때문에 이미 신화경이라는 경천동지할 경지에 올라선 '그'도 백염을 얻기 위해 고군분투를 할 정도였다.

그러다 문득 한 가지 생각에 미쳤다. 소혼이 백염을 얻을 수 있었던 것은 혹시…….

하아는 생각을 하다가 이내 머릿속을 털어버렸다. 쓸데없는 고민이라 여긴 탓이었다.

'그나저나 이곳도 오랜만이구나.'

하아는 창가 쪽으로 시선을 돌렸다.

얼마 전에도 그를 만나기 위해 찾아왔던 곳이지만, 이곳 항주는 매번 올 때마다 신비로운 느낌이었다.

회의 일로 구주가 좁다 하고 돌아다니는 그녀로서도 항주는 아름다웠다.

'내가 감성적이 될 줄이야.'

하아는 가만히 눈을 감았다.

'이제… 가볼까.'

하아는 가만히 이패를 보았다. 여전히 무뚝뚝한 표정으로 앉아 있는 이패가 하아와 시선을 마주쳤다. 하아가 입을 열었다.

"괜찮죠?"

이패는 고개를 끄덕였다.

"괜찮다."

"다시는 못 만날지도 모르는데요?"

"괜찮다."

"왜요?"

"그와는 다시 만날 것 같은 느낌이다."

하아는 더 이상 묻지 않고 빙그레 웃었다.

"좋아요."

이패는 다시 시선을 거두고 의자에 몸을 뉘였다. 푹신한 느낌이 느껴졌다.

하아는 이때 알지 못했다.

이패가 뒷말을 잇지 않았음을.

'다시 만났을 때에는 생사를 두고 대적을 할 것 같은 느낌……'

"괜찮겠나? 실례가 되지 않는다면 내일 아침에 헤어지는 게 어떤가? 이미 밤도 늦었는데."

팽무천과 일행은 마차에서 내렸다. 이패와 하아를 배웅하기 위해서였다.

항주 시내로 이동하던 도중 하아는 일행에게 이만 떠나겠다고 말했다.

팽무천은 살짝 서운한 얼굴로 이패와 하아를 보았다.

이패와 같은 무뚝뚝한 사람이야 떠나도 별 신경 쓰지 않았지만, 하아와 같이 귀여운 아이가 떠난다는 말이 내심 서운했다.

하지만 한편으로는 이 상대하기 힘든 징인들을 떼어놓을 수 있다는 점에서 속 시원하기도 했다.

하아는 살랑살랑 고개를 저었다.

"저희는 여기서 만나기로 한 사람이 있어요."

"그런가? 어쩔 수 없군그래."

팽무천은 이패에게로 시선을 향하며 불쑥 손을 내밀었다.

이패가 '이건 뭐냐?' 라는 표정으로 팽무천을 보았다. 팽무천은 결국 버럭 소리를 지르고 말았다.

"악수하자는 뜻 아니오!"

"왜?"

"악수하는 데에도 이유가 있소?"

"나는 여자가 아니면 악수하지 않는다."

"……."

팽무천은 순간 황당해하는 얼굴로 이패를 보았다. 진담인지 농담인지 도저히 구분을 못할 얼굴이었다. 하지만 이내 무언가를 떠올리고는 음흉한 미소를 떠올렸다.

팽무천은 이패의 옆에 다가가 그의 옆구리를 팔꿈치로 콕콕 찔렀다.

"으휴, 음흉하기는. 그래 증손녀뻘인 여아를 꼬일 때부터 내 알아봐야 했거늘. 껄껄껄!"

"……?"

이패는 팽무천에게로 시선을 돌렸다. 무미건조함, 그대로였다.

팽무천은 다시 껄껄 하고 웃었다.

"끌끌! 여하튼 반가웠소. 조심히 가시구려."

"잘 가요."

"잘 가십시오."

비록 하루에 불과했지만 팽시영과 이하영도 그들에게 작

별 인사를 했다.

하아는 살짝 고개를 숙였다.

"다음에 뵙도록 해요, 동생들. 그리고 팽 할아버지."

하아와 이패는 갈 길이 급했는지, 경공을 펼쳐 곧 자리에서 사라졌다.

팽시영과 이하영은 살짝 당황한 얼굴이었다.

"동생?"

"우리보다 나이도 많아 보이지 않았는데……."

"껄껄! 어쩌면 축융과 저리 어울리는 것이 사실은 나이가 백 살이 다되어가는 할머니인지도 모르는 일이지!"

"그럼 할아버지한테도 동생이라고 했겠죠."

"아, 그런가? 뭐, 아무렴 어떤가! 껄껄껄!"

팽무천은 호탕하게 웃었다. 배가 뒤집어져라 웃는 그 모습을 보면서 팽시영은 혀를 끌끌 차면서, 이하영은 익숙하다는 얼굴로 마차 안으로 들어갔다.

그 때문에 그녀들은 보지 못했다.

팽무천의 웃음 속에 숨겨진 날카로운 칼날을[笑裏藏刀].

'하아, 축융. 대체 당신들의 정체는 무엇이오? 무슨 일을 하고 다니는 것이기에 소혼에게 그리도 관심을 가지는 것이오? 내 더 이상 신경은 쓰지 않겠지만, 만약 당신들이 소혼과 내가 가는 길에 방해가 된다면…….'

팽무천의 눈가 위로 살짝 살기가 번뜩였다.

"…내 손으로 직접 당신들을 벨 것이오."

하아와 이패는 경공을 길게 펼치면서 항주 서쪽 외곽으로 움직였다.

풍류와 환락의 도시답게 항주는 이런 늦은 밤에도 많은 사람들로 북적였다.

하지만 어느 정도 움직이자 곧 시내는 사라지고 제법 한적한 곳이 나왔다. 둘은 그곳 또한 지나쳤다. 나무와 풀숲을 가르고 또 갈라 이내 목표로 한 곳에 도착했다.

항주와 천목산 중간 지점쯤에 위치한 곳이다.

뒤로는 전당강의 지류가 흘러 서호와는 또 다른 아름다움을 만들어냈다.

하아는 그곳에 위치한 거대한 집의 문 앞에 섰다.

문 쪽으로 가까이 가자 갑자기 대문이 끼리릭, 열리며 누군가가 나왔다.

허리가 살짝 굽어진 노인이었다.

하아는 고개를 살짝 숙였다.

"오랜만이에요, 어르신."

"허허, 이게 누구십니까. 하아 아가씨가 아니십니까?"

노인은 함박웃음을 지었다. 비록 얼굴은 주름으로 자글자글했지만 보는 이의 가슴이 따뜻해지는 미소였다.

"네. 놀라시는 걸 보니까 저희가 온다는 소식을 듣지 못하

셨나 봐요?'

"손님이 오신다는 소리만 들었지, 아가씨께서 오실 줄은 꿈에도 몰랐습니다. 이럴 줄 알았다면 옷이라도 새로 빼서 입는 것인데. 허허, 죄송하게 되었습니다."

"아니에요. 저는 지금 어르신의 모습이 제일 좋아요."

하아는 항상 사람들을 대할 때 미소로 대해왔다.

하지만 그녀는 대하는 사람들에게마다 미소가 미묘하게 달랐다. 이패에게 짓는 것이 모든 것을 내놓는 정인에게 향한 웃음이라면, 다른 사람들에게는 속을 짐작할 수 없는 가식이 섞인 웃음이었던 것이다.

한데 하아는 이 노인에게만큼은 이패에게 주는 미소처럼 맑은 미소를 보였다. 그녀에게 노인은 할아버지와 같은 존재였기 때문이다.

"그렇게 말씀해주시니 이 노인네가 말을 잇지 못하겠습니다그려. 허허, 그나저나……."

노인의 시선이 이패에게로 향했다.

"자네도 오랜만이로구먼."

노인이 입을 열자 이패는 아무 대답 없이 고개만 까닥였다.

노인은 쓴웃음을 지었다.

"정말이지 지금의 자네를 보면 간괘(艮卦) 녀석이나 감괘(坎卦) 녀석이 생각난단 말이지. 그냥 옛날의 모습으로 돌아오면 안 되나?'

"너에게는 몇 번이나 말했을 터다. 나는 옛날의 내가 아니라고."

"왜 또 새로 태어났느니, 그런 느끼한 말을 하시려고?"

"그게 사실이니까."

"후우, 내가 네놈에게 무슨 말을 할까. 쯧쯧."

혀를 차는 노인의 모습에 이패가 무뚝뚝한 어조로 입을 열었다.

"곤(坤). 그러는 너는 어째서 그러는가?"

곤이라 불린 노인이 얼굴에 의문을 떠올렸다.

"무엇이 말인가?"

"모른 척하지 마라. 우리 형제들 중에서 가장 많이 변한 것은 내가 아닌 너다."

"그랬던가?"

곤은 웃었다.

"껄껄! 이미 옛일이 아닌가. 그때의 나는 그것이 좋았고, 지금의 나는 이 모습이 좋아서 그러는 것일 뿐이야. 자네도 참 성겁구먼."

비록 한 명은 노인, 한 명은 젊은 청년의 모습을 하고 있지만 그들은 한때에 복숭아나무 밑에서 의형제를 결의했었다.

도원결의(桃園結義). 한 말 삼국시대에 유비 삼형제가 맺었다는 결의가 언뜻 떠올랐다.

"그런데 언제까지 저희를 이곳에 묶어두실 참이에요? 날도

쌀쌀해서 추운데."

하아가 살짝 입술을 삐죽 내밀며 불만을 토로하자 그제야 곤은 자신의 실수를 깨달았다.

"아, 이런, 이런. 제가 아가씨를 이곳에 묶어놨군요. 일단 들어오시지요. 한데, 지금 소가주께서는 손님을 만나고 계시는지라……."

"손님이요?"

"네."

"급한 일도 아닌데요, 뭘. 천천히 하죠. 저는 그런 딱딱한 이야기보다 할아버지랑 대화를 나누고 싶다고요."

"어이쿠, 아가씨께서 그렇게 말씀해 주시니 이 맹 노가 말을 잇지 못하겠습니다. 껄껄껄!"

하아와 이패는 곤의 안내에 따라 건물 안으로 들어섰다.

끼익.

닫힌 문 위로 무양가(無恙家)라고 적힌 현판이 살짝 흔들렸다.

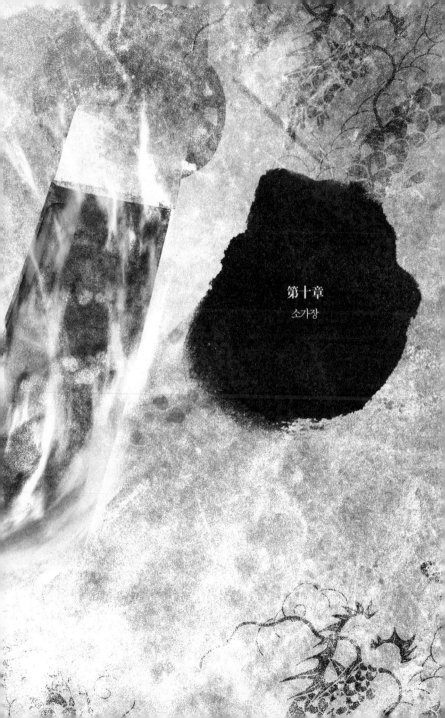

第十章
소가장

神刀無雙
신도무쌍

하아와 이패는 곤의 안내에 따라 처소로 안내되었다.

주요 손님들이 머무는 곳이라며 소개시켜 준 객전의 내부는 패나 컸다. 더군다나 손님이 불편함이 없게끔 사소한 곳에까지 신경을 쓴 흔적이 여기저기서 많이 보였다.

그러는 와중에 사소한 곳에서 일이 터지고 말았다.

곤이 하아와 이패에게 따로 방을 잡아주려 하자, 하아가 괜찮다고 나선 것이다.

여태껏 강호를 여행하면서 이패와 줄곧 같은 객실을 사용했다나.

그 사실을 들은 곤은 자리에서 방방 뛰기 시작했다.

"그, 그게 대체 무슨 말씀이십니까! 여, 여태껏 저 녀석과 같은 방을 쓰셨다니요!"

"말씀드린 그대로예요. 제가 회의 일로 바빠서 자주 여행을 다니는 건 아시잖아요? 그 때문에 돈도 아낄 겸 해서 화 랑과 같은 침실을 썼어요. 이상한가요?"

하아는 무엇이 잘못되었는가 되레 이유를 묻기까지 했다.

이 때문에 숨이 뒤집어질 것 같은 것은 바로 곤이었다. 이 패를 부르는 데에 붙은 '랑' 이라는 말이 그의 가슴을 더욱 부채질했다.

"이패, 이놈아!"

결국 곤은 참지 못하고 이패에게 버럭 소리를 질렀다.

이패는 여전히 무뚝뚝한 어조로 답했다.

"왜 그러는가?"

"네놈이 정녕 사람이더냐!"

"내 몸은 더 이상 인간의 몸이 아니니 그렇다고도 볼 수 있겠군."

"으어어어! 지금 그걸 말이라고 하는 것이야!"

곤이라는 노인은 항상 미소를 지을 것 같던 자상한 모습을 벗어던졌다.

하지만 이패는 여전히 그대로였다.

"내가 뭘 잘못했는가?"

"아가씨와 네놈의 나이가 몇 살 차이인지 잊었나?"

"정확하게 알고 있다. 육십하고도……."

"네놈에게는 손녀나 증손녀뻘인 아가씨다. 그런데 그런 분과 여태껏 연인처럼 지내왔……."

"연인처럼 지내온 것이 아니라 연인 맞다."

"뭐?"

"연인이 맞다고 했다."

"……."

곤의 몸이 망부석마냥 살짝 굳어졌다. 드드득, 목이 조금씩 돌아가더니 이내 하아에게로 향했다.

하아는 곤과 시선을 마주치지 못한 채 애꿎은 땅만 벅벅 긁어댔다.

"어쩌다 보니… 그렇게 됐어요."

"후우, 이 늙은이가 뭐라고 한들 무에 소용있겠습니까. 남녀가 좋다고 만나는 것을 제가 따질 수 없는 노릇."

곤은 어깨를 축 늘어뜨린 채로 저벅저벅 밖으로 나갔다.

하아는 그 모습을 지켜보다가 손가락으로 자신의 볼을 긁었다. 난감해하는 얼굴이었다.

"어르신, 괜찮겠죠?"

이패는 가볍게 답했다.

"괜찮다. 이런 정도의 일쯤은 평생 살아오면서 대수롭지 않게 여긴 녀석이니까."

하아는 쓴웃음을 지었다.

하아와 이패는 자리에 앉아 앞으로의 일정 등 여러 가지 이야기를 나누었다.

해가 지긴 했지만 잠에 들기엔 아직 시간이 부족한 탓이었다.

이패 역시 단답식으로 답하긴 해도 하아의 질문에는 충실하게 답하는 편인지라, 대화를 끌고 나가는 데에는 전혀 무리가 없었다.

이런저런 대화를 나누다가 곧 이야기의 화제가 팽무천 일행 쪽으로 넘어갔다. 그러다 자연스레 백 염도 소혼에 대한 말을 하지 않을 수 없었다.

하아는 살짝 긴장한 얼굴로 이패에게 오늘 낮에 있었던 일을 꺼냈다.

이패가 그녀에게 했던 말이 뇌리에서 지워지지 않은 까닭이었다.

"화 랑."

"왜 그러느냐?"

"한 가지만 물어봐도 될까요?"

이패는 가볍게 고개를 끄덕였다.

"오늘 낮에… 어째서 저에게 그런 말을 하셨던 거예요?"

"무슨 말을 하는 것이냐?"

"그… 화 랑은 저의 말에 움직이는 꼭두각시가 아니라고 했던……."

하아는 항상 당당한 여인이었다. 여장부라고 해도 좋을 정도로 자신이 하는 일에 자부심을 가지고 있었고, 자신감도 있어서 절대 움츠러들거나 하는 모습을 보인 적이 없었다.

하지만 지금은 달랐다.

살짝 머뭇거리는 태도로 조심스레 말을 꺼내는 모습은, 평상시의 그녀를 생각한다면 절대 어울리지 않았다.

하아, 그녀도 결국에는 어쩔 수 없이 한 남자만을 사랑하는 천상 여인이었던 것이다.

"그것이 걱정이었나?"

이패의 무미건조한 질문에 하아는 고개를 살짝 끄덕였다.

"그저 답답해서 그랬던 것일 뿐이다."

"답답해서……?"

"그렇다. 답답해서였다."

"제가 혹 화 랑을 구속하려 했나요? 아니면 제가 화 랑을 제어하려 들었다든가……."

이패는 고개를 저었다.

"그런 것이 아니다."

"그럼 어째서?"

이패는 잠시 말을 하지 않았다. 입술을 굳게 다문 모습에서는 어떤 생각도 읽어낼 수가 없었다. 하아는 가슴이 타들어가는 듯한 느낌이었다.

곧 이패의 입이 열렸다.

"너는 나와 곤괘(坤卦)가 어떻게 태어났는지 알고 있지 않은가?"

곤괘는 바로 곤을 의미했다.

이괘, 곤괘… 이 모두 '괘' 자를 '패' 자로 대신하면 이패와 곤패가 된다. 그들은 높은 하늘의 네 명의 패웅, 고천사패 중 각각 축융화신(祝融化神)과 지마왕(地魔王)을 가리키는 말이었다.

"본래 백 명의 고아에서 시작되었지만 최후에는 여덟만이 남았고, 수십 번의 전란 후에는 단 네 명만이 남았다고 들었어요."

"그렇다. 여덟 명의 아이, 아니, 청년이 된 이들은 의형제 결의를 맺고 자신들을 지옥으로 몰아넣은 천양(天養)을 겪었다. 그러다 사건은 자꾸만 커지게 되었고 끝내 건패가 구파를 상대로 삼대혈란 중 하나인 재(災)를 일으켰다."

"그런데 그 이야기는 갑자기 왜 꺼내시는 거예요?"

이패는 하아의 눈을 마주쳤다.

하아는 이패의 눈빛에 자신의 심신이 모두 묶였다고 생각했다. 시선마저 무뚝뚝한 남자. 하지만 그 눈동자 안에는 불꽃이 타올랐다. 그것은 그녀로 하여금 사랑에 빠지게 만들었다.

"나와 형제들… 모두가 억압받는 것을 싫어한다. 지옥에 있었던 십 년, 그것만으로도 생애 모든 억압을 받았다 생각하기 때문이다."

하아의 눈동자가 살짝 흔들렸다.

"그럼 제가 화 랑을 억압하려 했다는 건가요?"

"나는… 너에게서 천양을 보았다."

"저, 저는 절대 그러고 싶은 마음이 없었어요!"

"안다. 하지만 그것을 더욱 잘 알기에 나는 잠시나마 오기를 부렸던 것 같다. 옛날의, 지금은 살아 있지도 않은 자의 망념에 발목이 잡혀서……."

천중팔좌 중 한 명이었던 천양은 전국 각지에서 이패와 같은 고아들 중에서 골격이 튼튼한 백 명을 뽑아 도천팔괘공(刀天八卦功)을 가르쳤다.

백 명 중에서 살아남을 수 있던 것은 팔괘(八卦)에서 제각기 다른 힘을 얻은 여덟 명의 아이였다.

그리고 그들이 각자만의 팔괘공을 완성했을 때에는 이미 십 년이라는 세월이 흘러 있었다.

그들은 복숭아나무 아래에서 도원결의를 맺었다. 또한 한 가지를 다짐했다. 천하와 싸우는 한이 있더라도 자신들이 하늘이 되겠다고. 그 첫 번째 일환으로 자신들을 만들어준 천양을 꺾었다.

그리고 수없이 많은 분투가 벌어졌다.

그 와중에 네 명의 형제가 죽었고, 네 명만이 남았다.

살아남은 사 인(四人)은 높은 하늘의 패왕, 사패가 될 수 있었다.

하지만 형제들을 떠나보낸 뒤에 오른 절대자의 자리가 무엇이 좋단 말인가. 결국 그들은 천하를 쥘 수 있는 힘을 지녔음에도 강호에서 떠났다.

그중 두 명이 바로 이패와 곤이었다.

"나는 너를 지켜주기로 다짐했다. 그러니 나를 믿어주지 않겠느냐?"

"알겠어요……."

하아는 이패의 품에 꼭 안겼다. 이패는 하아의 허리만 한 팔뚝으로 곤히 하아를 껴안았다.

두 사람은 가만히 서로의 체온을 느꼈다.

어느덧 하아의 한쪽 눈가에는 물방울이 맺혔다.

'절대 화 랑을 억압할 생각은 없었어요. 그저… 저는 그것이 화 랑에게 좋은 것이라 여겼을 뿐이었어요.'

이패가 하아에게 가지는 애정(愛情), 하아가 이패에게 가진 연정(戀情). 그것은 같은 사랑이라 할 수 있으나 이찌면 전혀 다른 것일 수도 있었다.

각자가 가지는 사랑의 방식은 다 다르기 때문에 사람은 항상 충돌을 하면서 살아간다.

그렇게 가만히 서로의 체온을 느끼고 있을 무렵이었다.

밖에서 곤의 목소리가 들렸다.

"들어가도 되겠습니까?"

하아는 이패에게서 살짝 떨어졌다.

"무슨 일이세요?"

살짝 어조가 좋지 않은 것이 둘의 소중한 시간을 빼앗은 데에 대한 불만 같았다.

"소가주께서 뵙고자 하십니다."

"내일은 안 되나요?"

"그것이… 꼭 오늘 밤에 말해야 하는 것이라 하셔서."

"알았어요."

하아는 자리에서 일어나 이패에게 물었다.

"화 랑도 가실래요?"

"꼭 가야 하나?"

이패는 살짝 인상을 찌푸렸다. 곤이 말한 소가주가 누구인지 아는 까닭이었다. 그는 이패가 싫어하는 사람 중 하나였다.

하아는 피식 웃음을 터뜨렸다.

"부른다잖아요. 주인이 부르는데 객이 되어서 안 갈 수도 없잖아요?"

"차라리 이럴 때는 주객전도라는 말이 좋군."

"훗, 그러게요."

이패와 하아는 적당히 옷을 정갈하게 한 뒤에 문을 열었다.

문밖에는 곤이 기다리고 있었다. 그가 공손히 허리를 숙이며 말했다.

"절 따라오시지요."

이패와 하아는 곤의 안내에 따라 가주실로 안내되었다.

현재 무양가는 가주 자리가 공석인 탓에 이곳 가주실은 곤이 모시고 있는 소가주라는 자가 쓰고 있었다.

"도련님, 분부하신 대로 하아 아가씨를 모셔왔습니다."

"들이세요."

곤은 문을 열었다.

"안으로 드시지요."

"곤 할아버지는 안 들어가세요?"

하아의 물음에 곤은 따스한 미소를 지었다.

"이 늙은이는 가주실로 드는 것이 허락되어 있지 않답니다. 어서 드시지요."

"알겠어요. 화 랑도 들어가도 되죠?"

"아무렴요."

하아와 이패는 곤 안으로 들어섰다.

무양가의 가주실은 꽤나 큰 규모를 자랑하는 무양가와 어울리지 않게 꽤 작은 편이었다. 거기다 내부도 상당히 소박하게 꾸며진 것이, 상가의 집무실이라 보기 힘들 정도였다.

둥근 탁자 하나와 의자 네 개가 전부인 방이었다. 그것도 탁자 위로는 꽤나 많은 양의 서류가 쌓여 있어 그렇지 않아도 넓지 않은 방이 더 좁아 보일 정도였다.

소가주는 서양에서 색목인들이 쓰곤 한다는 수정 안경으로 서류를 보고 있었다. 그 옆에는 한 여인이 소가주에게 이런저런 조언을 하며 도와주고 있었다.

그들은 한참 후에야 서류에서 눈을 떼 하아와 이패가 있는 곳으로 시선을 옮겼다.

"오랜만이군, 하아."

"스무 날 전에 남직예에서 만나지 않았었나?"

"그랬었나? 요즘 오죽 바빠야 말이지. 자꾸 그런 사실들을 한 번씩 깜박하는군."

하지만 입가에 미소가 번지는 것이 전혀 미안한 태도로 보이지 않았다.

"일단 앉아. 이패도 앉으십시오."

이패와 하아는 배정된 의자에 앉았다.

하지만 탁자 중앙에 높이 쌓인 종이나 서간들이 서로의 얼굴을 가려 버렸다.

소가주는 혀를 차며 여인에게 부탁했다.

"홍련, 이걸 내려주지 않겠어?"

"흥. 이런 귀찮은 일은 꼭 날 시킨단 말이지."

여인은 꽃 무늬가 그려진 부채를 펼쳐 살짝 흔들었다. 이내 서간 더미가 두둥실 공중에 떠올랐다가 구석 쪽으로 옮겨졌다.

놀라운 허공섭물의 공부라 할 수 있었지만, 아쉽게도 지금 가주실 안에 있는 사람들은 모두 이 정도의 일은 어렵지 않게 할 수 있는 괴물들이었다.

하아가 입을 열었다.

"그래, 늘 바쁘게 쏘다녀서 회에서조차 행방을 알 수 없는 일공자께서 이런 늦은 밤에 무슨 말씀을 하고 싶어서 부르신 걸까?"

하아가 말한 일공자. 그것은 바로 천지라는 이름을 가진 회 내에서 소가주가 가진 직함이었다.

그랬다.

신마천수 진성. 그것이 바로 소가주의 정체였다.

그리고 진성이 홍련이라 부른 여인은 당금 역천맥주를 맡고 있는 채홍련이었다.

"급할 것 없지 않나? 일단 느긋하게 차와 다과나 마시도록 하지."

탁.

진성이 한 번 박수를 치자, 문이 열리며 두 여인이 각각 차와 다과를 쟁반에 받치고서 들어왔다. 그녀들은 일개 시비로 보기엔 너무나 아름다웠는데, 하아와 비교해도 절대 뒤지지 않는 미녀들이었다. 하지만 그녀들의 눈동자는 이지를 상실해 허공을 바라보고 있어 안타까움을 자아냈다.

두 여인은 탁자에 다과와 차를 가지런히 놓았다. 또르륵.

네 개의 찻잔에 청아한 향을 자랑하는 차가 담겼다.

하아는 그 모습들을 보며 살짝 인상을 찌푸렸다.

"대체 이들에게 무슨 짓을 저지른 거야? 무슨 인형극이라도 벌이고 싶은 건가?"

진성은 씩 미소를 지었다.

"어떤가? 예쁘지 않나? 아마 이 강호에서 제일 예쁘다 할 수 있는 아이들일 거다. 아, 그러고 보니 소개를 하지 않았군. 이쪽은 각각 남궁린과 유수연. 강남제일미와 마도제일미라고 하면 잘 알겠지?"

하아는 눈동자를 동그랗게 떴다.

"너, 설마 남직예에 갔던 이유가……?"

"천시를 갖기 위해서였지. 이렇게 꽃을 가질 생각도 있었고. 뭐, 겸사겸사였다."

"너, 지금 회주가 천시에 대해서 얼마나 각별하게 생각하는지 잊었어?"

진성을 비롯한 다섯 명의 공자, 공녀 모두는 회주에 대한 반발심을 가지고 있다. 그래서 하나씩 비기를 숨겨두고 있다. 하지만 그렇다고 해서 대놓고 반항할 생각은 가지지 못했다. 그만큼 회주에 대한 두려움도 컸기 때문이다.

그런데 진성은 어느 날부터인가 독단적으로 움직이기 시작했다. 더 이상 회에 보고도 하지 않다가 이내 자취를 감추어 버린 것이다. 한데 이제는 대계에 없어서는 안 될 천시에까지 손을 대버리다니.

"너는 그저 못 본 척하면 될 일이야."

"어떻게 보고도 못 본 척 넘길 수 있어!"

"그렇게 하는 게 좋을 거다. 그것만이 너와 내가 척을 지지 않을 방법이니까."

"……."

진성의 말속에는 잘 벼려진 칼날이 숨어 있었다.

이패가 이에 당장 몸을 일으키려 했지만, 하아가 이를 말렸다. 하아의 눈길이 다시 진성에게로 향했다.

"좋아. 대체 네가 하려는 일이 뭔지는 모르겠지만 나는 더 이상 신경 쓰지 않겠어. 하지만 이 자리에 온 이상 꼭 한 가지만은 들어야겠어."

"뭔데?"

"백염도를 만나고 오라 했던 이유. 그를 만나고 나면 내가 원하는 것을 얻을 수 있다고 말한 이유."

하아에게 소혼을 만나고 오라고 했던 자는 바로 진성이었다.

진성은 입가에 살며시 미소를 떴다.

"어느 정도 눈치를 챈 것 같은데?"

하아는 눈을 질끈 감았다.

"백염(白炎)."

"맞아. 거기다 재밌는 것을 하나 더 가르쳐 줄까? 알고 있겠지만, 백염도의 이름은 소혼이다."

"그렇다는 건……?"

"이십 년 전, 이곳 무양가가 있는 터와 천목산에 자리를 잡았던 소가의 후예지."

"……!"

하아는 다시 눈을 떴다. 그녀의 눈동자는 쉴 새 없이 흔들렸다. 처음에는 그렇겠거니 하고 여겼던 백염의 증거. 하지만 그것에 대한 의구심이 커지면 커질수록 그녀의 마음 한편에서는 '설마?' 하는 마음이 생겼었다.

진성은 고개를 끄덕였다.

"사실이다."

"그럼……!"

"그래. 너도, 나도, 사령도, 경태에 한비 녀석까지 모두 속고 있었다는 뜻이지."

진성이 말을 이었다.

"나는 얼마 전까지만 해도 경태가 제천궁의 궁주인지 몰랐지. 네가 무슨 일로 그렇게 강호를 돌아다니는지, 사령이 어디에서 무엇을 하는지도 몰랐다. 그저 한비가 요한이란 이름으로 마교에 있다는 것만을 알았을 뿐. 그리고… 얼마 전에야 비로소 모든 진실을 알게 되었다."

쉴 새 없이 흔들리는 하아의 눈동자에 눈물이 맺혔다.

영원히 눈물을 보이지 않을 것 같던 그녀의 눈에서 눈물이 흘러나왔다. 주르륵. 볼을 타고 물줄기가 흘렀다.

"그건… 너무하잖아……!"

"우리는 그저 회주의 단순한 장난감이었을 뿐. 아마 강호 전체가 그가 차려놓은 장기판의 말에 지나지 않을 거다."

진성은 하아의 머릿속을 울리는 진실에 대못을 박아 넣었다.

"소혼. 그가 바로 비연, 소비연이다. 어때, 운명의 장난치고는 꽤 재밌는 일이지 않아?"

＊　　　＊　　　＊

휘이잉!

소혼은 구릉을 따라 빠른 속도로 남하하고 있었다.

"쫓아라!"

"한곳에 몰아넣어! 반드시 잡아야만 한다!"

"남쪽으로 이동한다! 막아!"

태평소전은 소혼을 잡기 위해 늦은 밤, 온갖 고생을 다해야만 했다.

비천행을 펼치는 소혼의 모습은 마치 공간 속에 녹아드는 것 같은 착각을 불러일으켰다. 그 속도가 얼마나 대단했는지 지나가는 곳곳마다 거친 바람이 불 정도였다.

그 뒤를 맹렬하게 뒤쫓는 태평소전의 입장에서는 잔뜩 독이 올라도 단단히 오를 법했다.

그도 그럴 것이, 소혼이 단주 급 이상의 간부들을 모두 죽여 버린 탓에 현재 태평소전은 명령 체계가 잘 잡혀 있지 않은 이유가 가장 컸다.

비록 궁귀가 새로운 전주 직을 맡았다고 하지만, 여태껏 채익량의 말을 들어온 이들이 갑자기 그의 말을 들을 리 만무한 것이다.

결국 태평소전은 수십 개의 분대로 나뉘어 빙 둘러싸는 형식으로 소혼을 몰아가야만 했다.

하지만 소혼은 천목산과 그 주변 지리에 대해서 누구보다 잘 알았다.

똥개도 자신의 집 앞마당에서는 한 수 먹고 들어간다는 비어도 있는데, 한때 이 근처에서 살았던 소혼은 어떨까.

결국 나중에 가서는 각 분대가 소혼에게 각개 격파를 당하지 않는 것만으로도 다행이라 여겨야 할 정도였다.

갑자기 남하를 하던 소혼이 자리에서 멈춰 서서는 잠영밀공으로 모습을 감추었다.

"남하를 정지했다!"

"모두 이동하지 마라! 주위를 확인하라! 어디서 살수가 나타날지 모른다!"

각 대주들의 목소리가 들렸다.

하지만 그것만으로는 신출귀몰한 소혼을 잡기엔 역부족이

었다.

"여깁니다! 여기 백염도가 나타났습니다!"

"어디 말이……."

쿠쾅! 와르르르!

하늘 위로 흰색 광채가 한 번 번쩍이는가 싶더니, 이내 거친 모래 안개가 버섯 모양으로 솟아올랐다.

"크악!"

"컥!"

비명 소리까지 뒤섞인 이러한 폭발은 앞뒤를 불문하고 각지에서 일어났다.

쿠르르르!

바로 소혼이 칠보환천으로 여기저기를 수없이 쏘아 다니면서 열권풍을 일으키는 소리였다.

열권풍이 가지는 뜨거운 열기와 칼바람을 머금은 열풍은 그 자체만으로도 수십 명의 무인들을 도륙하고도 남음이었다.

더군다나 지금은 날이 저물어 앞을 쉬이 분간하기 힘든 상황.

그런데도 소혼은 이런 식으로 한 번씩 곳곳에서 나타나 소요를 일으켰다.

그가 등장할 때면 최소 다섯에서 많게는 수십까지 떼몰살을 당하는 일이 빈번했다. 이 때문에 더 이상 추적을 만류하

길 원하는 무사들도 발생할 정도였다.

궁귀는 이를 바득 갈았다.

"이게 대체 무슨 일이란 말인가! 이대주, 피해 상황을 보고하라!"

"현재 일대와 칠대, 십일대와 십이대의 대원들이 보이지 않습니다. 모두 전멸했거나 부상으로 인해 낙오되었을 거라 예상하고 있습니다. 그 외에도 소집되지 않은 인원들이 있는 것으로 파악됩니다. 확인된 사망자 수는 일백십오, 실종자는 이백칠십일 명입니다. 중상을 입어 움직이지 못하는 이들 역시 태반입니다."

"그 짧은 순간에 사백이라니! 사백의 목숨이 놈의 수작에 농락되었단 말인가? 그 짧은 순간에!"

그 누가 믿을 수 있을까, 대제천궁의 무사들이 한 명에 의해 떼몰살을 당했다는 사실을.

녀석은 정말이지 귀신같았다.

이곳 주변에 대해서 꽤나 잘 알고 있는지, 지형을 이용한 암습과 깔끔한 수는 많은 이들을 죽음으로 몰아넣었다.

"으득! 아직도 녀석을 잡을 만한 방법을 찾지 못했나?"

"죄송합니다."

"죄송하다는 말 말고 방도를 찾으란 말이야!"

이대주가 궁귀에게 조심스레 자신의 의견을 피력했다.

"차라리 이대로 병력을 물리고 내일 다시 녀석을 쫓는 것

이 어떻겠습니까? 이대로는 피해만 커지고 사기도 같이 떨어
져……."

"닥쳐라!"

궁귀는 이대주의 말을 단숨에 잘라 버렸다.

"우리는 제천궁의 무사다. 무조건 잡아! 당장 잡아와서 내
앞에 끌고 오란 말이다!"

궁귀는 제자리에서 몇 번이고 방방 뛰었다. 그도 그럴 것
이, 그에게 가장 중요한 것은 바로 전과(戰果)였다. 임시직에
불과한 전주 자리를 완전히 꿰차려면 그에 합당한 전과를 올
려야만 했다.

하지만 금방 잡을 수 있을 것 같은데, 상대는 단 한 명에 지
나지 않는데 이리 큰 피해만 입고 별 시원찮은 소득만 보이니
답답한 것이다.

결국 궁귀의 욕심에 눈이 멀어 죽어나가는 것은 바로 아무
죄도 없는 하급 무사들인 것이다.

이대주는 속으로 잔뜩 궁귀를 노려보았다.

'이렇게 피해가 커서는 이제 백염도를 잡는다 하더라도 당
신에게는 전주는커녕 죽음만이 기다리고 있을 것이오!'

궁귀는 그런 이대주의 생각을 알 길이 없었다. 다만, 이대
주가 자신에게 호의적이지 않은 시선을 던지는 것은 알 수 있
었다.

픽!

궁귀는 이대주의 뺨에 주먹을 날렸다. 이대주는 볼썽사납게 땅바닥을 굴렀다.

"눈 깔아, 이 자식아! 지금 감히 어디서 눈을 부라리는 것이냐? 네가 정녕 내 손에 죽어봐야 정신을 차리겠구나!"

그때 궁귀의 귓가로 나지막한 목소리가 들려왔다.

"죽어야 하는 것은 그가 아닌 당신인 것 같군."

"어느 놈……!"

궁귀는 버럭 소리를 지르려는 찰나, 숨이 턱하고 막힌다는 느낌에 잠겼다.

"컥! 배, 백염… 도……!"

소혼이 어느새 밑에서 나타나 그의 멱살을 쥐고 있었다.

궁귀의 키도 작은 편은 아니었다. 하지만 소혼이 멱살을 들어 올리자 궁귀는 대롱대롱 매달리는 형국이 되었다.

더군다나 어느새 맥까지 짚었는지 공력까지 운기되지 않았다.

소혼은 무신경한 모습 그대로 궁귀의 목을 분질러 버렸다.

우드득!

목뼈가 어긋나면서 궁귀의 목이 반대쪽으로 돌아갔다.

소혼은 녀석의 시체를 아무렇게나 한쪽 편에 내던졌다. 그러곤 얼떨떨한 표정을 짓고 있는 이대주에게 한마디 말을 남겼다.

"오늘 밤은 더 이상 나를 쫓지 않는 게 좋을 것이다. 오히려 피해만 더 늘어날 테니까."

그 말을 끝으로 소혼은 자취를 감추었다.

이대주는 궁귀가 죽어 더 이상 수하들이 개죽음을 당하지 않으리라는 안도감과 함께 적에게 목숨을 부지했다는 생각에 모멸감에 빠져들었다.

고즈넉한 밤하늘.

보름달이 아름다운 빛을 뿌리고 있다.

그 아래로 소혼이 달려가고 있었다.

오늘 밤은 더 이상 제천궁의 추격이 있지 않으리라는 생각에 그의 몸은 항주로 향하면서 머릿속에 든 의문 한 가지를 정리하고 있었다.

바로 태평소전주 채익량이 죽으면서 내뱉은 두 단어 때문이었다.

'요하궁과 무양이라.'

소혼은 일전에 구양 능윤해로부터 북명신공을 습득하면서 주웠던 서신을 떠올렸다. '요하(遙賀)'라는 단어가 새겨진 종이였다.

그때 혹시나 사도삼세 중 하나인 요하궁을 의미하는 것이 아닐까 생각을 했었는데… 아니나 다를까, 역시나 자신의 추론이 맞았다.

요하궁은 오십여 년 전까지만 해도 광서 일대를 주름잡고 있던 사도 계열의 문파였다. 비록 지금은 멸문하고 없지만 한 때는 구파의 다섯이 뭉쳐도 당해내기가 힘들 만큼 큰 성세를 구사했었다.

아마 채익량이 말한 요하궁은 제천궁의 본단 위치를 의미할 것이다.

'광서라…….. 갈 길이 멀군. 그런데 무양은 대체 무슨 뜻일까?'

소혼은 무양이라는 단어에 주목했다.

마치 어디서 듣거나 보았던 단어 같다. 처음 들었을 때부터 너무나 익숙했다. 무양이라는 단어를 외면 욀수록 그 느낌은 더욱 강해졌다.

대체 어디서 본 단어일까? 적어도 친숙한 느낌이 든다면 가까운 과거나 혹은 너무 먼 과거 속에 묻혀 추억으로 남은 것일 가능성이 크다.

전자인가? 아니면 후자인가?

언뜻 둘 모두라는 생각이 들었다. 자주 들은 것은 아니지만 결코 잊을 수 없는 단어라고 말을 하는 것 같았다.

소혼은 가볍게 중얼거리다 이내 자신이 낮에 들렸던 곳을 떠올렸다.

소가장의 터에 위치했던 건물, 무양가!

'그 상가를 말하는 것인가?'

그러고 보니 그럴듯했다.

소혼의 입으로 말하긴 뭣하지만, 소가장이 있던 터는 사실 절강의 차 상권의 중심이라 할 수 있었다.

경치가 유명한 서호와도 가깝고 좋은 차가 많이 자라는 천목산과도 가깝다. 더군다나 항주로는 바로 대로로 뚫려 있지 않은가.

강호를 암중에서 조종하는 천지회라면 만만치 않은 돈을 소요할 것이다.

만약 무양가가 천지회의 돈줄 역할을 한다면?

그렇게 큰 곳이라면 진성과 채홍련이 숨기에도 부족하지 않고, 천지회의 운영 자금의 일부를 댈 정도도 될 터였다.

'감히 소가장이 있던 곳에!'

소혼은 자신이 살던 곳에 녀석들이 있다는 것에 분기를 억누르지 못했다.

그 때문에 소혼은 미처 소가장의 멸문과 천지회가 관련이 있을 거란 생각을 미처 하지 못했다…….

팟!

소혼은 재빨리 무양가가 위치한 곳으로 몸을 날렸다.

*   *   *

밤하늘에 걸린 만월(滿月)이 아름다웠다.

하아는 무양가의 벽담 위에 앉아 만월을 보았다. 이패는 가만히 그녀의 행동을 지켜보았다.

하아의 두 눈이 퉁퉁 불어 있었다. 울고 있던 것이다.

몇 번이고 눈가를 타고 흘러내리는 눈물을 닦아내고자 했다. 하지만 그때마다 눈물샘은 눈물을 흘려보냈다.

주르륵.

결국 타고 흐르는 눈물을 닦지 못했다.

너무나 많이 울어 눈동자는 붉게 충혈되어 있었다.

이패가 조용히 입을 열었다.

"정말 일공자의 부탁을 들어줄 셈이냐?"

하아는 가만히 고개를 끄덕였다.

"제가 아니라면 결코 할 수 없는 일이니까요."

"어쩌면 너는 회주에게뿐만 아니라 일공자에게도 이용을 당하는 것인지도 모른다. 그리고 그 대가는 바로 너의 목숨일 것이다."

"알아요."

"한데 왜 그런 길을 걸으려는 것이냐?"

"글쎄요."

하아는 쓴웃음을 지었다. 어쩌면 싫다는 한마디만을 내뱉고 모른 척 돌아설 수도 있는 일이었다. 하지만 그녀는 그럴 수 없었다. 그러기엔 하아의 가슴에 남아 있는 한(限)이 너무 컸다.

"그냥 그렇게 해야 한다는 생각이 들었어요. 말했지만 이 일은 저만이 할 수 있는 일이니까요."

"너의 꿈은? 네가 이루고자 한다는 그 꿈은 어쩔 것이냐?"

이상향.

모든 이들이… 그것이 황족이든 왕후장상이든 고수든 하수든 설사 거지든 간에 모두가 평화로이 지낼 수 있는 곳.

그녀가 늘 꿈꾸었던 세계.

"그 녀석에게 부탁하죠, 뭐."

"꿈을 위해서는 설사 그것이 가족이든 연인이든 간에 절대 내버려 두지 않는다고 말했던 것은 바로 너였다."

"하지만 그 이상향을 위해서 나 자신도 희생할 수 있다고도 말했지요."

"그래서 지금 네가 하려는 일이 꿈을 위한 일이라는 것이냐?"

"네."

이패는 결국 눈을 감았다.

하아가 말을 계속 이었다.

"저도 참 이상한 사람이네요. 언제는 이용하기만 하려던 사람을 정체까지 안 지금에 와서도 이용하려 들다니. 정말 전모순의 극치예요. 그렇죠?"

이패는 아무런 말도 하지 않았다.

정말이지 평생이고 절대 남에게 휘둘릴 생각 따윈 없었는데.

그러다 문득 한 가지 생각이 들었다.

어쩌면 자신이 낮에 하아에게 느꼈던 감정은 그녀가 천양처럼 자신을 제어하려는 데에 대한 분노가 아닌, 어쩌면 사랑하는 그녀에게 구속받고 싶어하는 자신의 모순된 마음이 아니었냐고.

제아무리 억압을 벗어던지고 자유를 외친다 한들, 세상을 살다 보면 뜻하지 않는 일을 겪기도 하고, 인과율에 따라 억압을 받기도 한다.

인간사에서 자유란 없는 것일지도 몰랐다.

자유와 비슷한 단어를 찾는다면… 그것은 자신이 사랑하고 인연을 맺은 사람들 사이에서의 구속이 아닐까.

"지금도 늦지 않았다. 바꿀 의향은?"

"없어요."

"알았다."

이패는 감았던 눈을 떴다.

"나는 회에 몸을 담은 이후로 줄곧 생각해 왔다. 무인들이 선인이 되기 위해 뭉쳤다는 회의 본래 취지에 맞게 더 이상 회가 세속에 휩쓸리지 않고 천외천의 모습 그대로 남았으면 한다고."

북쪽의 흑색 바다[北冥]에서 시작되었다는 회.

하지만 어느 날부터 회는 더 이상 남아 있지 않았다.

"하지만 회는 이미 세속에 너무 많이 녹아들었다. 이제 회는 절대고수를 제일 많이 보유한 일개 문파에 지나지 않는다. 우화등선(羽化登仙)을 꿈꾸는 선인들이 있는 곳이 아닌, 군림천하(君臨天下)를 외치는 무인들이 있는 곳이다. 그 때문인지 나는 자그마한 아이였을 때부터 꿈꾸는 사람들이 편히 살 수 있는 이상향을 건설하고 싶다던 너에게 이끌렸지."

이패가 선언했다.

"그 때문에라도… 네가 가는 길, 나도 함께 간다."

"고마워요, 화 랑."

쏴아아아!

바람이 불었다. 겨울이 다가오기 때문일까, 오늘 밤바람은 올해 들어 가장 추운 것 같았다.

그리고,

"온다."

기다리던 자가 도착했다.

휘이잉!

커다란 포물선을 그리며 무양가의 담장 쪽으로 넘어오는 자, 소혼.

하아는 언제 그랬냐는 듯, 무표정한 얼굴을 하고서 자신의 정인을 불렀다.

"화 랑!"

"알겠다!"

이패가 자리에서 팅기듯 솟아올랐다. 낮에 소혼과 벌였던 비무 때와는 전혀 비교도 할 수 없을 정도의 위력이었다.

화르륵!

이패는 다짜고짜 소혼에게 살수를 펼쳤다.

축융유황공의 마천포(魔天砲)였다.

소혼은 기운을 끌어들여 도벽을 세웠다.

마천포와 강기로 이뤄진 도벽이 충돌했다.

쾅!

소혼은 뒤쪽으로 튕기듯 날아올라 유연하게 땅바닥에 착지했다. 그러고서는 분천도를 이패와 하아가 있는 곳으로 겨누었다.

왜 갑작스레 이패가 이곳에 나타나 자신을 가로막는지는 알지 못했다. 알고 싶은 마음도 없었다. 지금 그에게 중요한 것은 무양가였다.

"이패, 당신이 왜 이곳에 있는지 모르나 당장 비키지 않는다면 나로서도 손을 쓸 수밖에 없소."

이패는 소혼의 말을 듣지 못했는지, 여전히 기수식을 거두지 않았다.

이패의 등 뒤로 거대한 기운이 일렁거렸다. 역시나 패(覇)라는 별호를 지닌 사람답게 사위를 압도하는 기운이었다. 더군다나 손등에서 피워 오르는 검은빛 불꽃은 흉포함을 더하고 있었다. 비무 때와는 비교도 할 수 없는 모습이었다.

소혼은 이패 너머의 무양가의 담벼락에 고요히 앉아 있는 하아에게로 말했다.

"이패를 비키게 해주시오."

"내가 왜 그래야 하죠?"

"나는 당신들이 아닌 당신이 앉아 있는 그 무양가에 볼일이 있으니."

"당신이 우리에게 볼일이 있다면요?"

"무슨 뜻이오?"

하아는 미소를 지었다. 만월을 등진 그녀의 미소는 요사스럽기까지 했다. 그녀는 미리 챙겨둔 무언가를 들어 소혼에게로 던졌다.

소혼은 혹여나 암기인가 싶어 바짝 경계했다. 하지만 곧 그것이 이내 둥글고 묵직한—무인이라면 잘 알 만한—것이라는 걸 깨닫는 데까지는 그리 오래 걸리지 않았다.

그것은 바로 사람의 머리였다.

데구르르.

소혼의 발목 앞까지 굴러왔다.

소혼은 곧 그것이 누구의 목인지를 깨달았다.

"채… 홍… 련……!"

바로 원수 중 한 명인 역천맥주의 목이었다!

소혼은 자신의 복수를 잃었다는 허탈함에 살짝 몸을 흘뜨렸다가 이내 곧 평정을 되찾았다. 채홍련의 목을 던졌다는 것은 상대가 자신에 대한 모든 것을 안다고 해도 과언이 아니었다.

"너희들은 누구지?"

소혼은 더 이상 존대를 쓰지 않았다. 정체를 짐작할 수 없는 그들에게 더 이상 존어를 쓸 필요는 없었다.

하아는 빙그레 미소를 지었다.

"천지회의 사람이라면 알아들으실까요?"

소혼은 가만히 서 있었다.

충격이라도 먹은 것일까?

아니었다. 팔을 부르르 떠는 것이, 화를 억누르고 있음이 분명했다. 이 모든 일들의 원흉이라 할 수 있는 놈들이 자신을 가지고 놀고 있다는 생각에 화를 참을 수 없었던 것이다.

소혼은 살짝 벌려진 이 사이로 짐승의 울음소리를 내뱉었다.

"그렇다면… 너희들도 나의 원수라는 것이겠지."

소혼은 분천도의 도파를 움켜쥐었다.

우우우우!

붕익이 발현되었다. 명안이 열리면서 검붉은 빛깔의 기운이 아지랑이처럼 피어오르기 시작했다.

"화 랑."

"언제나 말했듯, 나는 너를 지킨다."

이패는 소혼과 하아 사이를 가로막으며 다시 기운을 풀어 헤쳤다.

화르륵!

소혼의 몸에서, 그리고 이패의 몸에서 화기가 일렁이기 시작했다.

한쪽은 흰색 불꽃, 다른 한쪽은 검은색 불꽃이었다.

팟!

두 명의 신형이 땅으로 꺼지듯 사라졌다.

그리고,

쿵!

입신경에 오른 절대고수들의 충돌에 거대한 폭발이 일어났다.

백색 광염(光焰)과 흑색 마화(魔火), 두 개의 서로 상반된 불꽃의 충돌은 그렇게 시작되었다.

『신도무쌍』 5권에 계속…

共同傳人

공동전인

설경구 新무협 판타지 소설

마교를 재건하라.

혈마옥에 갇히며 마교 장로들의 공동전인이 된 사무진에게 주어진 과제.
역사상 가장 착한 마교의 교주.
하지만 역사상 가장 강한 마교의 교주가 되고 싶다.

고정관념을 버려요.

마교도라고 해서 꼭 나쁜 놈일 필요는 없잖아요.

지금까지와는 다른 마교.

이제 사무진이 만들어가는 새로운 마교가 모습을 드러낸다.

共同傳人

공동전인

설경구 新무협 판타지 소설

마교를 재건하라.

혈마옥에 갇히떤 마교 장로들의 공동전인이 된 사무진에게 주어진 과제.
역사상 가장 착한 마교의 교주.
하지만 역사상 가장 강한 마교의 교주가 되고 싶다.

고정관념을 버려요.
마교라고 해서 꼭 나쁜 놈일 필요는 없잖아요.

지금까지와는 다른 마교.

이제 사무진이 만들어가는 새로운 마교가 모습을 드러낸다.

유행이 아닌 자유추구 –
WWW.chungeoram.com

Book Publishing CHUNGEORAM

무유칠덕(武有七德), 금폭(禁暴), 집병(戢兵), 보대(保大),
정공(定功), 안민(安民), 화중(和衆), 풍재(豊財), 자야(者也).
〈좌전(左傳), 선공 십이년(宣公 十二年)〉

무에는 일곱 가지 덕이 있다.
첫째, 난폭을 금지한다. 둘째, 무기를 거두어들인다, 셋째, 큰 나라를 보전한다.
넷째, 공적을 정한다. 다섯째, 백성을 편안하게 한다. 여섯째, 대중을 화합하게 한다.
일곱째, 물자를 풍부하게 한다.

섬서성(陝西省) 육반산(六盤山)에 신력(神力)을 바탕으로
패공(覇功)을 구사하는 가문(家門), 육반루가(六盤婁家).
세상에게 외면받고 멸시당하는 환희교(歡喜敎).
육반루가의 후손과 환희교 교주의 운명적인 만남.

"넌 환희교를 지키는 수문장(守門將)이 될 거야.
강하게, 아주 강하게 키워주마."
'아버지처럼 죽지 않을 거야. 아무도 날 죽일 수 없어.
세상에서 최고로 강한 사람이 될 거야.'

태룡전

『마신』, 『뇌신』에 이은
작가 김강현의 또 하나의 대작!!
『태룡전』

김강현
新무협 판타지 소설

내가 이곳 미고현에 위치한 천망칠십오대에
온 지도 벌써 두 달이 넘었거든.
그런데 아직도 이해하지 못한 일이 하나 있어.
그게 뭐냐고? 우리 대주 말이야.
우리 대주님이 가장 좋아하는 게 뭔지 아나?
바로 침상에서 좌우로 데굴데굴 굴러다니는 거야.
그다음으로 좋아하는 게 그렇게 뒹굴다 잠드는 거고…….
나려타곤(懶驢打滾)!
더도 덜도 아닌 딱 우리 대주님을 지칭하는 말일세.

천망칠십오대 대주 단유강!!
격동의 무림은 그에게 휴식을 허락하지 않는다.
단유강, 그의 일보가 천하를 떨쳐 울린다!

유행이 아닌 자유추구 -
WWW.chungeoram.com
Book Publishing CHUNGEORAM

오채지 新무협 판타지 소설

천산도객

마도대종사의 죽음.

마침내 끝이 난 이십 년간의 헝미대전.

하지만 전 무림이 까맣게 모르는 것이 있었으니…

대종사가 마지막까지 숨겨두었던 마도백가(魔道百家)의 비밀 병기.

패잔병으로 북방을 떠돌던 어느 날 신비로운 사내 비파랑을 만나는데…

"항주의 금룡관(金龍館)에… 이걸 전해주십시오."

"눈치챘겠지만 난 마인이오."

"어쩐지 당신이라면… 약속을 지켜줄 것 같아서……."

한 번의 짧은 만남이 만든 운명 같은 행로.

그의 위대한 강호행이 시작된다.

유행이 아닌 자유추구 -

WWW.chungeoram.com

Book Publishing CHUNGEORAM